折光集

张晓霓 著

上海交通大学出版社
SHANGHAI JIAO TONG UNIVERSITY PRESS

内容提要

本书主要是作者最近几年创作的一些散文、诗歌散文及散文观影感等。作品主要是作者的一些人生感悟，也包含对校内一些场景的感想，还有作者结合自己多年来在文学、绘画、摄影、观影等方面积累的个人体会。依据文稿的内容全书分为情境我心、予时哲思、他年此刻、六维行想、观影有感等五个部分。内容涵盖个人在不同时期创作的小清晰风格的散文，文笔细腻，予有哲思和感悟。本书中有 20 幅左右的插图，全部为作者原创绘画作品。全书适合对文学、艺术感兴趣的读者，陪伴您阅读与品位每一个美好的清晨及午后时光。

图书在版编目（CIP）数据

折光集 / 张晓霓著. —上海：上海交通大学出版社，2022.8
ISBN 978-7-313-27097-9

Ⅰ.①折…　Ⅱ.①张…　Ⅲ.①散文集–中国–当代②诗集–中国–当代　Ⅳ.①I217.2

中国版本图书馆CIP数据核字（2022）第128443号

折光集
ZHE GUANG JI

著　　者：张晓霓			
出版发行：上海交通大学出版社	地　　址：上海市番禺路951号		
邮政编码：200030	电　　话：021-64071208		
印　　制：上海万卷印刷股份有限公司	经　　销：全国新华书店		
开　　本：880mm×1230mm　1/32	印　　张：7.75		
字　　数：168千字			
版　　次：2022年8月第1版	印　　次：2022年8月第1次印刷		
书　　号：ISBN 978-7-313-27097-9			
定　　价：68.00元			

版权所有　侵权必究
告读者：如发现本书有印装质量问题请与印刷厂质量科联系
联系电话：021-56928178

精灵的种子落在了江南的雨季

——代序

字里行间透露着淡淡的幽思却又淡雅清新，温婉与细腻跃然纸上。这是我在阅读这本文集时的感受，也是一种享受。我知道，作者晓霓是学哲学出身，偏偏对文艺挚爱又钟情设计，这就可以理解她的文字为何总能在思辨中体现美感和灵动，再加上她东北女子爽朗的个性，恰如一个随性的精灵，偏偏把种子散落在江南的雨季，不在乎发芽，不计较开花，只为了把心灵深处的感悟和哲思揉入窗外丝丝的细雨或绵绵的清风。

阅读晓霓的小品文，在逻辑条理清晰的框架下，总会让你的内心感到柔软，清晰的笔触娓娓道来，似乎是内心的独白，似乎在倾诉世间的美好和憧憬。不知道是一种淡淡的忧伤，还是一种轻轻的喜悦，总之都那么有灵性。正如"四月的雨"，伤感也好，孤独也罢，抑或是浪漫，当你的情感还在随着文字沉浸在她勾画的场景中，她却笔锋一转，戛然而止，不让你的情感过度沉溺，告诉你"四月的雨总是透明的"，从无助、无奈、无语到豁然开朗的顿悟。这是一种灵性在内心深处的期盼，是一种思考在思维上的升华。在晓霓笔下，任何一种物品都是有生命的，无论是秋叶、冬雪，还是月夜思源湖，抑或是校园里面的建筑，都被赋予了灵性，在这样一个烟火气的世界中自由自在地畅想，哪怕是哭泣，哪怕是孤单，但总要歌唱，抒发内心最真诚、最炙热的呼唤，好像每一个物体都被插上了灵魂的翅膀，散发着灵性的颤动。

晓霓深得散文的精髓，也因为是性情中人，讲故事、讲道理的过程开阖自如，让我体会到了"思接千载"这个词。从平常的小物件或小事情入手，行文又极细腻，在时间和空间里随意变换，在历史与现实中任性穿插。你看一篇"眼前人"，从点评元稹作品、人品倏然就穿越到了思源湖畔，从历史一下子就穿越到了当下，跨越千年却不显得突兀和惊诧，是因为"情"这一线索始终贯穿其间。信手拈来的无论是晏殊的低吟浅唱，还是东野圭吾的"心灵鸡汤"，掩卷后总会让你若有所思，思有所得。晓霓笔下的冲突都会被涂抹上童话的色彩，在有意识的雕琢间，抑或骨子里、心头上，恰如那条"一条思念蝴蝶的鱼"，与其说是童话，不如说是现实的映射和影像。晓霓也会把这种思辨方法运用到艺术品欣赏中，不再是枯燥的说教和干巴巴的灌输，而是把生活融入作品中，用最简单的诠释最晦涩高雅的，总能让你耳目一新。她更愿意做一个分享者，以体验者的身份，让你没有居高临下的压迫感，没有茫然无知的羞涩感，没有忐忑痛苦的无助感，而更多的是一种顿悟感和愉悦感。

晓霓在文字的王国里，以一股自然纯真之风诉说着对生活的热爱。

在童年的故事里，姥姥的身影出现了，"生活不能没有仪式感，也不能没有色彩"是姥姥对生活深刻的感悟和透彻的理解，让人生具有非同一般的意义和价值，从柴米油盐中悟到了生活的真谛。晓霓以对生活的体察和感受，从童年生活的点点滴滴，到青葱岁月的懵懂羞涩爱情，细致入微、以小见大，既有脚下现实土地般的踏实，也有对未来生活美好的向往。晓霓以她深厚的文学和艺术素养把生活描绘得如此细致，哪怕是忧伤也需要色彩的修饰。正如晓霓的画作，浓厚色彩下却"拘泥"于细节，夸张的构思中却体现精巧，恰到好处！

走进晓霓文字和画作的世界，宛如走进了色彩斑斓却又亲切真实的空间。在这一时空交织的梦境里，因为热爱执着才眼含热泪，因为温婉细腻才有诗和远方。恰如生活四季的变换，在这朦胧却又清晰的轮转中独具魅力、熠熠生辉！时值江南梅雨，但不尽的烟雨只会让精灵的种子更加"霓"风飞扬，迸发出七彩的旋律！

是以为序！

王福胜

上海交通大学医学院继续教育学院院长、管理学博士、副教授，教育学院硕士生导师，教工致远文艺协会原副会长

自　序

　　时光匆匆，从自己天马行空创作的第一篇散文《小植物冬日语》到现在集成的这本散文集，已经过去了五年时间。若不是每篇散文都记录了日期，自己都不敢相信有些文章写于几年前。

　　本书收录的散文主要分情境我心、予时哲思、他年此刻、六维行想、影音有悟五个部分。

　　第一部分集中于我对日常景物的感悟，如《四月的雨》《思源湖的夜》《橱窗里的秋天》等。其中散文《四月的雨》曾入选2017年上海交通大学出版社出版的《诗文交大》一书，这篇散文写的是上海四月的雨带给我的感触，但我其实想写的是与四月的雨有相同性格的人。于是我在文末写下："如果在生活中，你遇到像四月的雨的人，你一定要跟他成为朋友，因为他就是传说中的真性情。"《橱窗里的秋天》参加比赛曾获过奖，我把上海的秋天尤其是上海交通大学校园的秋天比作华美的橱窗，美得让人产生无限遐想。《盛宅时光》，是我参观上海交通大学徐汇校区盛宣怀宅后写的散文，曾入选《上海交通大学学报（副刊）》。

　　第二部分主要写的是我对周遭事物的小哲思，如《一朵花的美丽在于她曾经凋谢过》《再遇见》《春草梦》等。其中《再遇见》有感于现在的自己与从前的自己的所得所失，感悟于人生其实一直都在跟自己作比较，仅此而已。所以我写了："这世上的美好，不在许久以前，也不在许久以后，而是在时光的流逝中将并不美好的那个自己留在原点，让另外的自己一直向前，在未来遇到更好的自己。"《春草梦》则是来源于宋代学者朱熹的一句诗："未觉池塘春草梦，阶前梧叶已秋声。"在时光里，还有什么比读书和认真做自己喜欢的更重要的呢？

第三部分主要写的是我周围一些人身上发生的事情。其中我写的一篇《我的姥姥是一个 90 分满格美人儿》，因为我是姥姥带大的，所以她教给我的很多事情我都忘不了。现在想来，她时常给我讲述的关于她年轻时候的故事，就像一本写得很美很忧伤的小说，但读完之后，我只记住了书中的女主角。《一世只有一次的偶遇》，我写了我母亲的一些琐碎事情，写完之后我没有再重新看，因为我不敢再看，每一次只要读几句话，我都会无法控制地哭出来。

第四部分是我写的散文诗和一些童话故事。散文诗《橙色小狐狸图案的蓝色连帽衫》题目来自我画的一幅图，在这首诗里我写了："每次我取书阅读，就会看到这件橙色小狐狸图案的蓝色连帽衫，它就像我青春岁月的书简，在冬日也能燃起我内心的火焰，真实的记录，时光浅浅又柔软。"写完之后，我觉得我好像在写童话故事。可当我真写了一篇童话故事《一条思念蝴蝶的鱼》后，我却觉得童话里的故事可能并不如想象的那么美好，或许是这种矛盾的心态让我写了很多故事性散文诗和有些伤感的小故事。

第五部分是我写过的一些电影评论，也是自己的一些观影感悟。

书中也收集了我的一些在摄影、绘画等方面的经验分享，本书所有的插画也都是我自己业余时间绘制的。

书的名字为《折光集》，寓意是自己工作之余，利用碎片时间，将自己的感悟与所喜欢的绘画艺术，聚集成一幅幅作品。

时光留不住，但时光有痕，愿时光之痕成为粘着多彩颜料的画笔，绘制成美丽的画卷。

张晓霓

2022 年 2 月 14 日

目　　录

在文字的王国里，
以一股自然纯真之风诉说着对生活的热爱

第一卷　情境我心

一、四月的雨　1

二、小植物的冬日语　4

三、盛宅时光　7

四、不准偷偷想念，不准回头看　10

五、橱窗里的秋天　12

六、思源湖的夜　17

七、雪恋　22

八、春天的味道　30

第二卷　予时哲思

九、某年的某一天　35

十、一朵花的美丽在于它曾经凋谢过　40

十一、山月知心事　45

十二、眼前人　50

十三、再遇见　53

十四、美女的第一标准是礼貌　57

十五、恋上某人的骑士精神　59

十六、怎样更好地欣赏艺术　　64

十七、有一种优秀叫没有嫉妒　　70

十八、春草梦　　76

十九、人生，一如建筑　　79

第三卷　他年此刻

二十、我的姥姥是个90分"满格"美人儿　　85

二十一、第19棵胡萝卜　　99

二十二、一条冻僵的鱼　　105

二十三、一世只有一次的偶遇　　108

二十四、曾经相识　　114

二十五、秋千上的蝴蝶　　117

二十六、相思也会过期　　120

二十七、在成都博物馆穿越时光遇到你　　124

二十八、京都的木建筑　　130

二十九、在东京看艺术展　　135

三十、读《浮生六记》：那个让人爱且伤的女子芸　　139

三十一、那些年我听过的音乐　　141

三十二、我的手机摄影经验谈　146

三十三、漂亮的东西不会是美丽的　150

三十四、用 Procreate 绘画的经验总结　154

第四卷　六维行想

三十五、橘色我取　161

三十六、剑与桃花　163

三十七、橙色小狐狸图案的蓝色连帽衫　165

三十八、你的微信　171

三十九、写给最具浪漫色彩的中国七夕情人节　175

四十、咖啡缘起　177

四十一、一条思念蝴蝶的鱼　181

四十二、当距离消失时，爱情还在吗　184

四十三、一道选择题　185

第五卷　影音有悟

四十四、下一次的相遇　189

四十五、人生拥有的只是不可把握的现在　191

四十六、不真实的男神，真实的爱情　　194

四十七、往昔已逝，救赎无期　　199

四十八、迷失你的迷失，遇见我的遇见　　202

四十九、爱与选择　　206

五十、当优雅的你遇上庸俗的我　　211

五十一、记住自己的名字是件不容易的事情　　217

五十二、相爱不可说　　222

五十三、善良与尊重他人　　225

五十四、用音乐拯救心灵的"幻境"故事　　227

第一卷

情境我心

一、四月的雨

如果说雨是有生命力的，那忧伤一定是他的表情之一。

也源于此，雨在很多诗人、词人笔下成为抒发心境感伤、年月流逝不返、困惑无力的常用意象。北宋词人秦观如此描绘过雨"自在飞花轻似梦，无边丝雨细如愁"；北宋朱服也写过"小雨纤纤风细细，万家杨柳青烟里。恋树湿花飞不起，愁无比，和春付与东流水"。

不过把雨写到极致忧伤，又颇具贵族情调的当属清代词人纳兰性德，他那些缠绵细腻的词语，几乎每三首中就会有一首提及雨，如"丝雨织红茵，苔阶压绣纹；是年年肠断黄昏"；又"正是冷雨秋槐，鬓丝憔悴，又领略愁中送客滋味"；又"忽宜雨，旋宜月，更宜晴。人间无数金碧，未许着空明"。此类词句实在是不胜枚举，可也正是如此的忧伤唯美的词句成就了纳兰词。

还有很多与雨相关的小说、故事，都离不开忧伤、困惑、惆怅、寂寞与无奈。

但是雨并不都是让人感觉落寞的，有很多诗句表达雨的美好。

四月的雨似乎就是这样拥有多重性格的存在，他忧伤，但不冷；他惆怅，且唯美；他孤独，又浪漫；他单调，亦多彩；他多情，却不矫情……

四月的雨是忧伤的，忧伤到我们时常会追溯到春秋时期有关一代名臣介子推与晋文公的凄美故事，进而有了清明节一说，也成就了杜牧的千古名句"清明时节雨纷纷，路上行人欲断魂"。

由此，四月的雨的忧伤是无须言语描绘的，他是习俗赋予的。不过四月的雨不冷，一如谚语"清明时节天转暖，柳絮纷飞花争妍"。四月的雨，摆脱了冬日阴冷的纠缠，带来温暖的景象，万物不像初春那般脆弱。而是极富兴致的生长，你不会再为一个新生的黄绿色的叶片而惊叹，亦不会为了跌落尘埃的一个花瓣而哀伤，你的心在四月的雨里是宽容、平静而淡泊的，这就是四月的雨的魔力。

四月的雨是惆怅的，因为他会让你想到新的一年正在指尖快速流逝，任你捕捉也挽留不住时间的远去。但四月的雨赋予了大地最唯美的画面，桃花、樱花、迎春花、紫叶李、海棠、月季、鸢尾，齐齐盛开，徜徉其间，不禁让人联想到《镜花缘》里的百花仙子。只要举起相机，到处都可以凝结成美丽的瞬间。于是因落花飘零、时光悄然飘散的惆怅，也会被眼前不经意间出现的唯美画面冲淡得无踪迹。即使是四月夜空飘落的雨，只要你伸出手接下上苍赐予的一滴，钻石般的光芒就会滑入你的心底。

有人说孤独的人才懂得浪漫，因为孤独会让人用心观察与思考世界，进而丰富情感。四月的雨是孤独的，因为他没有冬雨的强悍，没有夏雨的疾驰，亦没有秋雨的萧索，他总是悄无声息，如同一个思想者静静到来，又悄然离去。走在四月的细雨中，感受自然万物的变化，你会感谢四月的雨对你的宠爱，他就像一个拥有超能力的人，瞬间把你从寒冷萧索的冬季带到百花盛开、万物生长的异星世界，在这样的世界里，你回想过去，做好现在，思考未来。

雨是透明的，然四月的雨则是神奇的颜料配方，他会幻化出浅红、大红、深红、浅粉、深粉、紫、黄绿、中绿、深绿、鹅黄、中黄、橙色，任你惊叹他惊人的调色能力。

四月的雨，没有偏爱，他对所有复生的植物一视同仁，同样的给予，同样的呵护。

所以说四月的雨，有些多情，但他从不提及自己的好，从不絮叨自己的怨，始终坚守着"人生若只如初见"的誓言。

如果在生活中，你遇到像四月的雨的人，你一定要跟他成为朋友，因为他就是传说中的真性情。

2017 年 3 月

二、小植物的冬日语

　　冬天，是万物休养的季节，世界是安静的，湖水是冷色调的，山是遥远的，风是让人想遗忘的，花是意外的。

　　那天在湖边看到的几株植物其实极小，样子也不起眼，没有艳丽的色彩，亦没有世人喜爱的名字，更与寓意沾不上边。

　　它们在石缝中迎风摇摆，头上顶着淡紫色的小葡萄样的花，背景是阳光映在湖面的清冷的点点光芒。

　　喜欢摄影的我，时常会将镜头对准美丽的花或者美丽的叶子，却在那一天不假思索地拍下了这几株冬日的小植物。

　　后来我拿图片给我的朋友们看，并没有人表示多惊艳，看起来似乎是我对几株小植物大惊小怪了。

　　于是我将那幅图打印出来，还附上了一句话："F2.8，快门：400，你们。"在美丽的、闪着光芒的圆点背景下的生命力，让我感觉你们已经亲亲密密的生活了一万年。

　　遥想当年，词人苏轼一句"明月几时有"，让无数人对月落泪感怀；刘禹锡一句"唯有牡丹真国色，花开时节动京城"，将牡丹的美送上一个新高度；大诗人李白一句"云想衣裳花想容"，将美女的颜值描绘出至高标准。于是明月、花、云成了亘古不变的美的象征。

　　然而生活大都是平常的，被时间带着走的岁月，美是一种寻常的

《闪光的小叶子》

存在，一种不经意的发现，一种淡然的坚持。

　　几株小小的植物携手渡过春夏秋冬，淡然承受岁月赐予的温暖、酷热与寒冷，不祈求被过多关注，亦无须大自然更多地给予，美得云淡风轻，无须你的关注。

2017 年 2 月

三、盛宅时光

人有时候应该羡慕建筑本身，因为一个 100 岁的人，很少有人会说：你是美的。

而一栋建筑，100 年，或许只是再次起航，岁月固有沧桑，却能为她增添无限魅力。

位于上海交通大学徐汇校区的盛宅，建于 1927 年。外立面是低调的灰色砖墙，配以橙红色砖腰线。紫红色的木门窗和奶油色的廊柱，在午后的阳光里闪着柔和的光芒。

一个世纪的时光在这栋建筑身上留下平静和古朴的气质，一如使用了乔治·莫兰迪色彩的歌曲静止般地撩动你的心际，曲调已毕，杯中的咖啡却温热有余，端起咖啡杯，乐曲再次响起，时间从 90 多年前开始记录。

那天这里举办有一场摄影展，阳光从细长的窗户飘落在棕黑色的地板上。墙面挂着摄影师以"精灵"为主题的摄影作品，舞者也好，水下的精灵也好，与整个房间都恰到好处地融为一体，仿若包裹了一层安静的膜，让人情不自禁地想藏起自己踩在地板上的脚步声。

长长的中国风的浅棕色实木会议桌，让人联想 90 多年前，穿着雅致的客人，安然地坐在这里的场景：或喝茶，或读书，或聊天，或静静坐着、听窗外的鸟叫声，偶尔可能还会有两个小孩跑过来趴到窗口上，看香樟树上停留了什么。

100年，让很多事物悠然间杳无踪影，而又一如昨日般存在。

从二层的客厅出来，右手边是铺着墨绿色地毯的稍显狭窄的楼梯，一个穿着淡黄色连衣裙的美女扶着棕黑色楼梯扶手从楼上款款而下，就在那一瞬间，时间将90多年前和我眼前的事物拉向了不同的平行空间。直到她消失在我的身后，我才缓过神。沿着坡度很陡的楼梯爬上三楼，那里是一个很宽阔的空间，排满了支撑钢柱，样式简洁的家具优雅地摆放在两侧和角落，只是桌面的一台电脑让人清醒地认识到这是21世纪。

回到二楼的过道，穿过一道小小的走廊，再转个弯，就可以来到盛宅的二层露台，露台不大，放了一张铁制的圆桌，上面一把收好的扇子。在这里可以看到旁边被阳光映衬得闪闪发光的屋顶，低下头，可以俯视静静的天井，青色的砖在阳光下呈现出淡淡的玉石般的绿，墙面一片耀眼的金色，喜鹊正在树间迎着初秋的风快乐地鸣叫。

时光悄然划过院落。

这让我想起 R.E.M 乐队曾经唱过的一首极美极浪漫的歌 *At My Most Beautiful*，歌词的某几句可以这样理解：把你当作留声机，存留我那些肤浅的诗句，仅仅为了能听到彼此的声音……在我们最美的年华里。

　　人们用自己的方式保留着自己存在的信息，讲述自己的故事，唯有建筑用自身的存在，陈述自己的过往，历经岁月，优雅依然。

2017 年 9 月

四、不准偷偷想念，不准回头看

村上春树在《舞！舞！舞！》里有这么一句："你要做一个不动声色的大人了。不准情绪化，不准偷偷想念，不准回头看。去过自己另外的生活。你要听话，不是所有的鱼都会生活在同一片海里。"

不知道为什么突然想到这句话，反正就是某些时候，可能是心境使然，也可能是就那么瞬间涌来，别无太多想法，也无太多思虑。就这么觉得，花开花谢，季节转换，就算想念，也只能在旧日的记忆里搜索，那不如去看明天的风景。

几年前，我读雷蒙德·钱德勒的小说《漫长的告别》，惊叹于世界上竟然会有把侦探小说写得如此耐人寻味的作家。于是连吃饭都拿着钱德勒的小说在看，一部接一部，《长眠不醒》《高窗》《再见，吾爱》《小妹妹》……在那段时间里，除了钱德勒，似乎其他作家的书再也看不下去了。但没过多久，我又开始看《白夜行》《嫌疑人 X 的献身》《三体》《1Q84》……原来我的喜欢只是停留在某个阶段、某个点、某种心情之上。

我一开始接触甲壳虫、滚石、弗洛伊德等等，痴醉于摇滚。不久又觉得小提琴、大提琴优美至极，之后又迷恋了相当长一段时间的查特·贝克的小号曲，然后又听了一些流行风格的歌曲，最近则几乎什么都没听。那些我曾经喜欢重复播放的唱片如今整齐地排列在柜子里，但我已无心再拿出一张试听，太熟悉，失去了新鲜感。

我们曾经可能喜欢过某些事、某些人，倘若你什么都不曾喜欢过，那也未尝不可。

只是多少有点悲哀，因为喜欢某些事、某些人是一件让自己快乐的事情。但某天，某些人不再喜欢你，也无须感伤，只要曾经喜欢就足够了。

2018 年 6 月

《鱼》

五、橱窗里的秋天

小时候我没有芭比娃娃；长大以后我没有奢侈品包包，这是真的。

我出生的时候，爸爸有点不太开心，因为他希望我是一个男孩子。

爸爸买的我能记住的玩具似乎只有会跳的小鸭子，还有会飞一点高度的小小的直升机，至于娃娃那类东西，爸爸是肯定没买过的。

姥姥跟妈妈觉得女孩子也没什么不好，但是又一致认为我不够漂亮，尤其是从小受到家庭严苛教育、年轻时貌美如花的姥姥，总是用挑剔的眼光看我，譬如：你的眉毛不够有型，眼睛不够明亮，皮肤也比较黑，身材也不修长，走路太快不够优雅，怎么看都跟美貌沾不上关系，甚至觉得我越长大越难看，很是失望。她们都没想起来给我买个娃娃玩玩，于是我的童年没有一个毛绒玩具或者芭比娃娃。

长大以后，每次看到摆着毛绒玩具和芭比娃娃的窗口，我就会情不自禁驻足，很认真地看一下这些可爱的小东西，觉得每一个都很好看，但从不曾产生买一个的想法，不拥有，只期待，或许就是一种美好。

成年后，逐渐开始了解一些奢侈品，就像所有的女孩子一样，也喜欢买包包，买过很便宜的，也买过很小众的，但从未买过LV、Gucci、Prada这类奢侈品包，当然这样的包很贵，买不起也是重要原因。结婚后，老公也曾问过："你是否需要一个名牌包？"我想了想：

"大概我不需要吧！"至于为什么不需要，我也说不清楚。但每次经过奢侈品的橱窗，我又会情不自禁看几眼，因为奢侈品的橱窗布置总是与众不同，色彩迷人，款式独特，灯光和布局也花了很大心思，就是为了吸引你停下，多欣赏一会儿。可无论怎么看，我都不会产生拿它们回家的想法，欣赏却不拥有，也是一种美妙的感受。

这一如电影《东邪西毒》里面的一句台词："虽然我很喜欢她，但始终没有告诉她。因为我知道得不到的东西永远是最好的。"

如果说春天的味道是花香，那秋天的味道就是甜香，各种果实成熟后的味道弥散在空气中，就像树叶间溢出的甜美的酒，分分钟让你醉倒其间。

宿醉之后，想起春天的花，似乎只是飘落在昨日的某个雨后，水珠还挂在粉色的花瓣上，可转瞬一切飘忽远去，回忆起春天与夏天是如何远去的，就像早晨起来在大脑中搜索昨夜的一个梦。明明有那样一个梦，却怎么也想不起来梦的内容。

林语堂在《秋天的况味》里有一句话："秋天的黄昏，一人独坐在沙发上抽烟，看烟头白灰之下露出红光，微微透露出暖气，心头的情绪便跟着那蓝烟缭绕而上，一样的轻松，一样的自由。不转眼，缭烟变成缕缕的细丝，慢慢不见了，而那霎时，心上的情绪也跟着消沉于大千世界，所以也不讲那时的情绪，而只讲那时的情绪的况味。"

秋天就是那般有着一股忧伤味道的满足。你得到秋天的馈赠，却不得不接受她正在慢慢离开，就像童年已经结束，芭比已不再有意义，可它依然在我的心里。

秋天的色彩是迷人的，黄色、红色、绿色、粉色，在蓝天的映衬下，如同一幅绝美的绘画作品。无须刻意思考构图和配色，随处都是风景画。黄色的银杏叶，只需几片，就是一幅优雅的画面。成排的缀满黄色叶子的银杏树在阳光下闪耀着光芒，点点光斑在叶间跳跃，转瞬漂移到某棵鲜红色的枫树间。在红叶上成为一颗夺目的小星芒，只是睫毛一动的瞬息，小星芒已在脚下的三叶草间跑到目力不及的远处。桂花的清淡香味却随之从无可找寻的地方飘忽而至，那时的心境仿佛静止得站在某个正在举办展览的美术馆中央。无须四处环顾，便可体味那时的艺术感，秋天是天生的色彩艺术家。

宋代朱敦儒有词："一夜新秋风雨。客恨客愁无数。我是卧云人，悔到红尘深处。"纳兰性德也写过："夜雨做成秋，恰上心头。教他珍重护风流。"集文学家、艺术家、科学家等等于一身的苏轼也写过关于秋雨的词："今夜雨，断送一年残暑。坐听潮声来别浦，明朝何处去。"秋雨的感伤由古至今，不管那些迷人的风景和色彩是如何存在于你昨

《红色太阳花》

日的记忆里，一场不经意的秋雨，除了带来冷意，还会轻轻泼去涂满美丽色彩的属于秋的水彩画卷。

所以，秋天大概就像橱窗里一件用来欣赏的奢侈品，你可以欣赏秋天炫目的色彩，体味秋天醉人的甜香，感叹秋天的种种忧伤，但你永远无法占有秋天。

也不要试图挽留秋天，她不经意地来，悄悄地走，仿佛用手撩起的清晨微露，看起来晶莹剔透，转瞬从指尖滑落。

秋色易逝，时光难留，倾心欣赏，体味那仅可掌握的属于眼下的片刻。

2018 年 9 月

六、思源湖的夜

春天的思源湖，书香与花香萦绕，湖水是暖的！

夏天的思源湖，绿意笼罩，湖水是清凉的！

秋天的思源湖，红色与黄色的叶子就像书签，映着一池秋水，让人流连！

冬天的思源湖，每当下雪的时候，雪花柔柔地飘落在湖面上，几枝梅花在湖边暗香浮动，映衬得上、中、下院教学楼的红色外墙格外雅致清幽，驱走冬的寒意。

倘若你觉得这就是思源湖的美，那说明，你一定没见过思源湖的夜，不是夜的思源湖，而是思源湖的夜，不分季节，引你痴醉驻足。

我喜欢弦月，弦月会让人期许圆月的来临，而不是忧伤圆月会渐缺，而伤感无处安放。

弦月不会夺走星星可爱的光芒，便不会有一种独自美丽的怅然若失，弦月是懂得分享的佳人。

一轮弯月升到楼顶上空的时候，树梢在月的下面被映衬出朦胧的身姿。月影投射到湖面上，随着点点微波轻轻晃动，就像一个可爱的小精灵，正在飞舞着翅膀对你说："我可以满足你一个心愿，只要你说，我就帮你实现噢！"这个时候，恰好湖水上漂浮着几个橙黄色光的水灯，远处琴声徐徐，与温柔的夜风一起撩动心的乐符。

有谁会不闭上眼睛，许个心愿呢？

这样的夜晚，湖边的木椅很难有空的时候，大多数时间都有人静静地坐在那里，欣赏眼前这迷人的景色，也许是认真地对着湖中月影许个心愿，也许是怕失神间错过了星星落在肩头的机会，也许只是想将眼前的夜色刻在心里，仅此而已。

夜晚草木的清新味道在白天是绝对不会感受到的，这清新的味道随着风染上你的衣襟，再悄悄地滑到鼻翼两侧。让人想起从前的某一个夜晚，祖辈为童年的我们曾经读过的一本古老的书；想到曾经我们爱过的一个人，如今她或者他身在何处，又在思念何人；亦可能顿悟曾经期许的某个目标，现在看起来多么缥缈又可爱，而我竟然为此一往无前；或者仅仅只是一种什么都不想的放松的体验。

无须断网、无须山林、无须索居……

在靠近教学楼一侧的小径上，在这样的夜晚缓慢行走，也是很有意思的，高大的香樟树散发着自然的香味，月亮就悬挂在头顶的树梢上，好像跟随自己的脚步。倘若在夏日，会有幸发现草地上忽明忽暗的几个小萤火虫散发出微光，为这样的夜增添了无限梦幻。偶尔遇到穿着运动衣的人擦肩跑过，带着律动的气息，又为这夜色增添了一种静谧的活力。

走到灯火阑珊的包玉刚图书馆，就算不进去，也能感受到安静读书的那种悠然。读书是没有尽头的，夜色其实也是不知疲倦的。这一池美丽的思源湖水，只要你愿意，她就会以迷人的姿态陪你到天明。

在湖边的台阶坐下，脚边两株萱草在夜色中有一种别样的若即若离的情调。背靠着暖融融的图书馆，右侧是小巧雅致的程及美术馆，总让人想起白天欣赏过的那些闪闪发光的艺术品。连通美术馆与图书馆的白色桥的两侧栏杆上疏落地围绕着各色蔷薇，在夜色中幽香缭绕。近在眼前的扬帆起航雕塑与稍远处的燕云亭在月光下，唯美得让人联想到二次元的古风世界。

眼前这迷人的月光下的思源湖，只需要坐下欣赏片刻，无论多凌乱的心思，都会不知不觉间安静下来。没有汽车声引起的躁动，没有浏览无用信息的游移，也不感伤时光悄然溜走，只是感叹眼前的景色为何会如此明净、通透和无度。

并非心远地自偏，而是情景静心弦。

四季是有期的，美是易变的，爱是多种的，书也是需要一直一直读下去的，思念可以与天地交融并描绘出与所思所想同样的场景。而思源湖的夜色，仅仅依靠想象是不够的，只有用心体验，才会感受到那份别样的情怀。

《爱》

弦月映在湖面，灯光温柔，草木有情，夜风徐徐。水面清清的迷人的夜，那些让人安静的思索与探寻物之本质的夜；是，也只能是思源湖的夜。

2020 年 11 月

七、雪恋

（一）

在中学时代，每当下雪，看到情侣拉着手走在雪中，我们也会讨论自己将来的男朋友会是什么样子？

我记得一个女孩子跟我们探讨未来男朋友的样子，她说："他要帅，还要有那么一点不羁，就像《燃情岁月》里的特里斯坦。"

她幻想的画面是这样的：这个极帅的男生在某个大雪纷飞的日子，从蒙蒙的雪中走来，雪花落在他的头上，头发都被冰成了一条条的冰凌，他的睫毛也积了厚厚的冰霜，呼出的气体形成一团团白雾，他的手里却拿着69枝黑玫瑰和一盒草莓味道的精美巧克力。这个又帅又酷又拽的男生为见她一面，车子被大雪困在半路，发动机没法发动起来，只好徒步20公里来见她。

"玫瑰上面也好、巧克力盒子上面也好，都落满了雪。就连他的周身都覆盖了一层雪，就像一个生动的雪人雕像，就那样站在我的窗前，等待我给他开门。"

"那你做什么呢？"

"我在暖气开得很足，室内有25度的如春的窗边边吃冰激凌，边看恐怖片，他敲击窗户，我却假装什么都听不见。眼角的余光里，这个帅得让我心动的男生，就站在那里痴痴等着我的回音，雪花在他身边簌簌而下，我就这样考验着他到底多爱我。"她说这话的时候，双手合在一起，眼里都是动人的光。

"就这么让他冻着？"一边的女生不禁提问。

"当然不会，到了我觉得可以的时候，我就伸个懒腰，故意转向窗口，然后做出惊叹的样子，跑过去开门，让他进来。他赶紧递上来手里的黑玫瑰和巧克力，可我要悻悻地说：'真是抱歉啊，我不喜欢玫瑰，管它什么红色、粉色、蓝色、金色、绿色，哪怕黑色，统统不喜欢，扔掉吧。至于巧克力，草莓味的太甜腻，我可不像其他女孩子那样喜欢吃甜食，也扔掉吧。'而他呢，就那么乖乖听话，真扔掉了。"

大家愕然。

这简直就是《挪威的森林》里那个折腾男朋友买饼，然后又从窗口扔出去不吃的绿子小姐。

其实这不过只是因为雪而幻想的唯美场景，那女孩子有点"作"，但绝不至于"作"到这种程度。至于后来，她是否有那样折磨她的男朋友，就无从知晓了。

我甚至还为雪写过一个童话故事，现在只记得开头的一句话：很久很久以前……后面就没有了。

不过姥姥给我讲过一个关于雪的故事，我现在还记得。

内容大概是："有年冬天，一场大雪之后，一个富贵人家的公子在自己的窗前堆了一个美丽的雪人。他用木炭拼出她的眉毛，用黑珍珠做她的眼睛，用黑色的毛绒线做她的头发，他认真地给她雕塑五官，又一点点砌出华美的衣裙，哇！真是个美丽的雪人姑娘。公子每日在窗前读书、写字，那雪人姑娘就凝视着公子，渐渐不可自拔地爱上了那位公子。公子喜欢下雪的日子，可接下来的天气却不作美，冷，却无雪。于是雪姑娘就抖掉自己身上的雪让它们在公子的身边飞扬，虽然雪姑娘抖掉了自己的手，然后是自己的腿，再然后是自己的身体，可只要看到公子看到雪花落下时开心的表情，雪姑娘就一点也不觉得痛。她就这样，一点点消失不见了……"真是个让人忧伤的故事。

(二)

我在东北长大，因此我对东北总有很多情结。除了春天偶尔的沙尘，我几乎喜欢着那里的一切，那里的语言，那里的食物，那里的慢节奏，那里一望无垠的视界。春天到处都是毫无遮挡的嫩黄的绿，夏天则是加了浓度的绿，秋天完全就是满世界的金色，而冬天，在下雪的日子，那里就是传说中的童话王国。

其实东北四季分明，在每一个季节变换的时候，都会有明显的季节变换带来的大自然的神奇之美。

春天一来，东北冰冻的土地就因为气温的上升而消融，冬日的寒冷渐渐消退，在满目都还是残冬萧索的黄色之时，一些小小的植物已经在某个瓦片或者砖缝下伸出细弱、浅绿的芽，每一次发现这样的小嫩芽，我内心的激动都远胜过考试满分，这些嫩嫩的芽就像大自然赐予的希望和艺术品，让我长久不忘。

东北的夏天不热，尽管偶尔中午也会30度以上，但最多只是中午维持3个小时，之后温度会一路下滑。到了晚上夜风习习，晴朗的天空繁星点点，萤火虫在空中飞舞，蝉轻声鸣叫。在这里，天文爱好者、星空爱好者，可以随意拍摄，没有太多的遮挡，也没有良久不散的云层，空气通透得如同开了净化器一般，带着夏日鲜花的淡淡香气和各种水果的甜味。

东北的秋天很短暂，大约几场秋雨之后，所有植物的叶子都开始枯黄，满地都是厚厚的落叶。在小树林里，这个季节便可以采到很多可爱的伞状蘑菇，偶尔还会看到一两个让人害怕的蛇蜕。

苹果会在这时候红得非常诱人，很像画了艳丽的彩妆；葡萄紫得发光，一如涂了闪亮的食物级油彩；梨子也都披了一身优雅的黄；此外还有一种很可爱的小果实，我们叫红姑娘，在上海我见过黄色的，但东北有黄色的，也有红色的，是那种如同水彩调出来的极为艳丽的红，味道酸甜，红色的还可以做中药。

10月份一过，冬天正式到来，我所喜欢的雪季也就如约而至。

东北的雪天，雪花在空中如蝴蝶一般飞舞，而大地所有的色彩在几个小时内全部变为白色，那种清净、纯美完全是大自然的恩赐。很多大诗人也曾写过关于雪的名句，如唐代高适写的《别董大》："千里黄云白日曛，北风吹雁雪纷纷。"宋代的范成大写的《冬日田园杂兴》"放船闲看雪山晴，风定奇寒晚更凝。坐听一篙珠玉碎，不知湖面已成冰。"但这些都不能完全表达东北冬天下雪的日子的感觉和意境。其实雪不但有着梦幻般的形状，还有着天生的浪漫和童话故事性，雪的迷人的魅力一定要在东北的冬天里才能真实地展现。

雪有着梦幻般的形状，并有20 000多种细微差别的美丽形体。早在西汉时就有关于雪花六角的记载，《韩诗外传》里提到"凡草木之花多五出，雪花独六出"。

雪天生的美丽形态，营造了无数美丽的画面，如梦如幻。

然只有在东北，冬天里带着毛绒手套，当雪花如蝴蝶般飘落在你的手心，你才有机会认真去看那晶莹剔透的大自然的恩赐，再看着雪在掌心慢慢融化、消散。然后再接下一片，毫不厌倦，你在被雪包围的空间行走，旋转。

你可以想象那样的画面：雪花在你的身边萦绕，世界被美丽的雪花淹没，而世界就是你的。

（三）

在我很小的时候，东北冬天的雪非常大，下雪的日子很多。

每次雪后，我们都会在第二天上学的时候带上扫雪工具，在学校将雪高高地堆在路两侧，然后就会跟同学在课余堆雪人、揉雪团、打雪仗。我们还用雪做雪屋，并用松果、胡萝卜装点屋顶，我记得我曾经给一个雪屋起名为：桃屋。因为我特别喜欢吃桃子，但我小时候东北是没有桃子可买的，就连橘子也很少，我总是幻想着有一种桃树能在冬天结桃子，然后躺在雪屋里吃桃，那样我就是全世界最幸福的人。

虽然现在的冬天也能吃到桃子，但我不觉得桃子多好吃，反倒越来越觉得用雪做的"桃屋"是我见过的最美的房子。

在东北，有时候雪会连续下几天，在那几天里，雪漫天飞舞，似乎天空是一个装满了雪花的布袋，永远也撒不完。

几天后的某个早上，推开门，世界只剩下一种纯净、透明的白色，所有的物体都被雪裹住，只剩下一个又一个白色的形状，就像裹着草莓的糯米团。

阳光倾泻而下，点点金色在雪上跳跃，如星光般闪耀，仿佛圣诞节挂在圣诞树上的串串彩灯。所有干枯萧索的树枝，已被雪包裹住，在阳光的照耀下，时而飘下一串耀眼的雪花，美得远胜过春日盛开的花朵，再盛大的节日装扮也没法与这样的场景媲美。

春节来临的时候，我们在冰雪的世界挂上红色的灯笼，在屋内吃热乎乎的火锅，看着窗外的雪景，有一种格外的温暖，一只小猫慵懒地趴在阳光里望着窗外，窗台上的红掌点点流光，木椅上的毛绒熊轻松自在地斜倚在那里，仿佛这时，这景均已停止。

每一年冬天下雪之时，我们就开始企盼春节的到来。

尤其是小时候，我们很喜欢春节，幼年的我们不懂时光流逝为何物，更不会感慨岁月流年的忧伤，我们希望成长的过程加快一点，摆脱成年人的束缚。

在雪天，滑雪，玩雪，幻想自己也能有一天参加滑雪比赛，可以在高处做很漂亮的空翻，尽管那一天从未到来过，可理想却是美好的，以至于我们滑雪、滑冰，就算摔到双腿都是淤青，也从不觉得痛。

　　还有每到下雪，我们就盼着寒假，盼着可以自由疯玩的日子。那时候没有很多的培训班，尽管会有一些英语和数学类的培训，但父母从不强制我们参加。我们在玩闹中渐渐长大，理想时远时近，但未来和希望一直伴随着雪如影随形。

　　我们对雪还有一种奇妙的感觉，你觉得下雪是冬天的象征，可我们看到雪，却会觉得处于冬天里的我们正在迎接春天的到来，所有的理想，所有我们希望的快乐就在雪飘的时候落在我们手里。

　　雪似乎有一种天生的唯美、浪漫和故事性。电影《剪刀手爱德华》里，每到冬天，就会下雪，那是爱德华纷纷扬扬的思念。

　　雪就是这样，有着天生的迷人魅力，每当我心情低落、忧伤感怀，我就回想起东北冬日的雪，还有那些在雪天里的可爱往事。

2017 年 11 月

八、春天的味道

每到春天，我都会想到用粉色的物品，因为粉色有一种柔软的娇嫩感，一如事物的新生，提到粉色我还想起一部电影。

有一部许多人都很熟悉的电影叫《埃及艳后》，也有一部可能不是很多人都熟悉的电影，翻译过来叫《绝代艳后》，故事的主角是法国路易十六的王后：玛丽。

电影的故事内容没怎么看懂，倒是电影中那些满目奢华的场景设计让人过目不忘。玛丽王后生无可恋的眼神配上各种各样的华衣美服，凡尔赛宫内金碧辉煌的装饰，各种派对之盛大，各类饮食之精美，的的确确满屏都透着纸醉金迷。

留在我记忆里到现在还不能遗忘的则是影片中出现的大量的粉色。柔嫩的透着诱人感的粉色小蛋糕，让人迷醉的粉色礼服，华美的粉色的鞋子，各种粉色的帽子和小饰品，壁纸上粉色的花纹，粉色的饮料，粉色的花瓣，粉色的妆容……

粉色让整个画面都溢满了一种女性的色彩感，在奢靡中又有着一种难以言喻的诱惑和纯真感，有迷茫、有做作也有小小的可爱。这些粉色堆叠在一起产生了一种没有任何心机的让人怜惜的冲动。

关于春天的诗很多，多到看不过来，大诗人抑或无名诗人，诗文忧伤也好，感悟也罢，总之那都是个人的感觉而已。

其实春天是大自然设计的美丽展厅，春风、春雨、春色都是展厅的一部分，主色调是各种不同明度、色度的粉色，展厅布置得真实又玄幻，真诚又温暖，展期突如其来，悄然开放，免费欣赏，过期撤展。

　　有人在其间叹息时光，有人驻足欣赏，有人吟诗作画，有人无所谓，不过春天不像策展人，在乎统计参观人数，她个性唯美，按照自己的意愿推出展览内容和模式，任世人评说，任花开花谢，任日出日落。

　　春天的风，充满了粉色香水的气味，持续到整个展期结束，24小时不间断，滑过皮肤有一种粉粉的小果冻的温润感。

　　五代李煜有描写春风的词："一棹春风一叶舟，一纶茧缕一轻钩。花满渚，酒满瓯，万顷波中得自由。"宋朝的大才子苏轼也描写过春风："春幡春胜，一阵春风吹酒醒。"春风里飘动的都是各种花的香，温暖的浮动感，迷醉的味道。

　　你捕捉不到她存于何处，可她又随处可寻，在开满桃花的树枝间，在光点跳跃的水面上，在迷人的樱花树下，在摆动的裙裾间，在随风浮动的发际，淡淡的粉色，软软的虚无，隐隐的存在……

　　春天设计的展厅，将雨柔和成了淡粉色的花瓣，带来从指尖滑过心底的暖意。宋朝的大诗人陆游写过："小楼一夜听春雨，深巷明朝卖

《彩色三叶草》

杏花。"春雨像一首舒缓的小提琴曲，乐声中展现的是大自然的浪漫与千娇百媚，是色彩绚丽的巨幅风景画，是让人长醉不愿醒的春日情思。

不经意的抬头间，春雨从花间跌落，双手捧住，晶莹剔透的雨珠在手中化为淡淡的粉色，形成纯美的花瓣。

春天设计的展厅，主色调是粉色的，稚嫩、纯真、可爱又调皮。春天实在有太多种色彩一齐涌来，淡淡的黄绿色的柳枝，小巧别致的黄色迎春花，白色的雅致的梨花，红色的海棠花，紫色及红色的欧洲银莲花，绚丽的白玉兰，淡粉色的紫叶李、粉色的桃花、粉色的樱花、粉色的梅花绝对是这个季节的主色调。

无论你走到哪里，粉色都会成为最吸睛的那一丛，在风中、雨中、阳光里自在妖娆，清丽可人，让人误以为春天的味道是粉色的。

不，不是误以为，而是春天的味道就是粉色的，稚嫩、真诚、美好、存在着、虚无缥缈着。

2019 年 3 月

第二卷

予时哲思

九、某年的某一天

1994 年，有一部名为《夜访吸血鬼》的电影，这部看名字就让人惊悚的电影，堪称以吸血鬼为题材的经典电影中的第一名。

电影主题借助吸血鬼的长生不死探讨了生与死的哲学话题。

这部貌似惊悚的电影，其实画面并不恐怖，靠吸血为生却只能在暗夜出来活动的吸血鬼拥有不死之身，令他们厌倦了自己的存在，孤独就像毒蛇，始终缠绕着他们的脖颈。

庄园主路易在历经了无数个暗夜之后，思考了一个问题：是像吸血鬼一样在暗夜中卑微的永生，还是像人一样品味欲望之后短暂地活着？这是个痛彻心扉的选择题。

吸血鬼其实并不是一个传说，而是真实的存在。他就是时间——帅得你看不清他的脸，冷酷得从不宽容任何美女，对快乐与痛苦无动于衷，无情地吸着所有人的血，直至你步履蹒跚，只剩下点点回忆，他都不会回头多看你一眼。

有时候，情绪盛装在过往的容器，只是时间的食物。

我们经常会遇到这样的情形：我们为了某个目标苦苦努力，以至于忘记了周围世界的色彩，天空是否是蓝的？枫叶是否红了？星星是否在幽深的夜色里闪烁着黄色的光芒？

直至那一天，成功或者失败的结果尘埃落定。得到的快乐，让我们觉得世界的色彩都是可爱的，就算是一只你从不在意的脏兮兮的流浪猫，你也会觉得它是为了增添这个世界的可爱而来的。

而失去的痛苦，会有那么一段时间，让你觉得一切都不再美好，世界上不存在美食，也没有可笑的喜剧，更没有悦耳的音乐。

在黑白的世界里，存在感也会消失于某个冷冷的点。

然而，时间既是快乐的终结者，也是带走痛苦的那一抹黑色，时间会不知不觉地占有你的过往，甚至用袋子装好你曾拥有的种种情绪，让一切归于平淡。

有时候，冲动是岁月的奖励，时间则是奖励的回收机。

我们有时会因为冲动付出代价，一句话、一个行为、一个选择，都可能遭来非议，也可能会让自己的生活产生较大变化，我们可能会后悔，当然也可能不会。

但冲动往往属于曾经年轻而又懵懂的你，当岁月让你越来越冷静，你可能正在世故和冷漠的道路上越行越远。

有时，我们会想，如果樱桃不是红色的，它是蓝色的，可不可以吃，可不可以存在？

冲动会让我们尝试我们不敢想的事情，而冷静会让我们不去想那些看似不真实的存在。

　　冲动是岁月在有限的时间里随机给予的奖励，而时间则是冲动的完美回收机，过期无效，时刻提醒你开奖的日期。

　　如果人生是一幅美丽的水彩画，时间则是冲洗画面的水。

　　水彩有一种很奇妙的作用，有时候，即使你完全不懂绘画，只要用不同的颜色在画纸上画线条，你也会看到一幅很绚丽的画。

　　水彩颜料在画纸慢慢散开的细微过程，常常让人不舍得根据自己已绘制好的形状擦掉溢出的颜料，因为色彩不受形状控制的时候也会有一种别样的美。

　　人生一如水彩画，不停地绘制各种色彩，而时间则是涂抹色彩的水，让鲜艳的色彩变淡或者消失，让清晰的图形逐渐模糊。

　　现在看中国的山水画、花鸟画，尤其是北宋时期的花鸟画，虽然历经800多年，色彩在岁月的变迁中多少褪去了一些原初的艳丽，但无论是构图还是精致的细节，依然美得让人叹为观止。所以时间可以磨损画面，但美好的东西则会一直存留，任色彩飘忽，不随时光流逝。

《海星》

时间最钟情的是轮回的四季，而属于你的曾经却只能停留在往昔。

如果说时间还有一个情人，那一定是季节变换，一年四季无论风雨，无论彩虹，无论飓风，无论海啸，总会如期而至，如期休憩。

唐代诗人崔护，有一首特别著名的诗——《题都城南庄》："去年今日此门中，人面桃花相映红。人面不知何处去，桃花依旧笑春风。"多少年来，人们一直解释为去年与今年在同样的春天里，区别是美丽的姑娘一去不返，而桃花则一如昨日。其实不然，美丽的姑娘纵然已经不在这里，桃花也只能是今年的桃花，唯一不变的只是春天这个名词。

我们的过去，只能停留记忆里，用语言和文字去复述，定格在照片里，用视觉去回味，即使真的有时光机，那穿梭回过去的你，其实也只是现在的你。

属于我们过去一年的快乐、忧伤、得到、失去已成过往。

在未来的日子，我们还是要珍爱时间，珍爱自己，珍爱自己身边的人，珍惜眼下，世界有很多未知的色彩在等待着我们去发现，去绘制，去留存。

2017 年 12 月

十、一朵花的美丽在于它曾经凋谢过

有一首词，《生查子·元夕》："去年元夜时，花市灯如昼。月上柳梢头，人约黄昏后。　　今年元夜时，月与灯依旧。不见去年人，泪湿春衫袖。"

一首伤感优美的词，简单几句，就把人带到了一个极其富有想象力的空间里：去年元宵佳节的夜晚，一轮明月悬挂在优美的柳枝后面，散发着柔和的光。香气袭人的花市里，四处都是五彩缤纷的灯笼，燃亮了夜晚，两位有情人牵手走在这样的时光里，快乐似乎已没有边际。

转瞬间，到了今年的元宵之夜，景致与去年一样，然而自己所爱之人却不见了踪迹。往昔相拥在一起的情景就在眼前，可一切美好的过往已随风飘散，想到这儿，词人泪水簌簌而下，瞬间就湿透了衣袖。

读这首词，很容易让人联想到另一首诗，唐代崔护的《题都城南庄》："去年今日此门中，人面桃花相映红。人面不知何处去，桃花依旧笑春风。"从表达的情感和对物是人非的感慨，两者是如此相似，简单的几句，就让忧伤涌现在一幅美好的画面之上。

但两者最大的不同是，崔护的诗你能明确判断描述的是一位男子的心情。去年桃花盛开的春天里，他在一个院落前看到一个如花般美丽的女孩子，一眼倾情。转眼另一个春天来临，那个隐藏在桃花后面的院落安静得一如往日，只是魂牵梦绕的女孩子已不知去向。

《生查子·元夕》则很容易让人想到一个女孩子与情人约会于去年元夕夜，那样快乐的场景迟迟未能散去。不想今年元夕夜，月色美如往日，灯火依旧通明，可自己再也不能约心仪的男孩子出去游玩了。眼前的美景也因此蒙上了一层薄雾，因此情不自禁地哭了起来。

这首词作者到底是谁，似乎一直有争议，有人认为非欧阳修所作，而是南宋美女词人朱淑真所写。因为女孩子见不到喜欢的男孩忧伤而哭，这很正常。一个大男人如果见不到喜欢的女孩子，尤其在古代社会，最多对月举杯，借酒消愁，来一句"取次花丛懒回顾，半缘修道半缘君"。酒醒之后该干什么干什么去，古代三妻四妾很平常，同时交往几个女朋友大概也不奇怪，找不到这个女孩，还可以去找那个女孩，至于哭吗？

或许，可能，有可能。

所以不管那些做考证的论据多合理，很多人还是愿意相信这首词的作者是美女词人朱淑真，因为从朱淑真的词风和身世来看，这首词都有可追溯到她本人的情境。当然有一点也不能忽略，那就是欧阳修也可能会描写某位他见到的或者熟悉的女孩子遇到的情况。

不管如何，不必去考证作者是谁。

这样一首词虽然感伤，却感伤得很有美感，真正的源是因为情景的不能重现。

倘若年年月月，日日情景常在，你就会忽视这种存在的美好，甚至会觉得这是一种日复一日的重复存在。

就如同永恒不变的早餐：一杯咖啡，一个面包，就算今天是正方形的面包，明天是圆形的面包，今天是白色的咖啡杯，明天是绿色的咖啡杯，你仍会厌倦。

写到这里，我想到中国晋代的一个著名帅哥卫玠，据说那个时代流行的帅哥都稍微有点病态的羸弱，这个卫玠身体至少就不是很强壮。至于为什么会想到这里，可能就是天马行空的思维刚好在满是格子的空间里飘荡，然后就落在这个名字上了。

卫玠是一个玄学家，但他在帅这方面取得的成就肯定超过了他作为玄学家所取得的成就。

据说他走到街道上，人们为了一睹这个帅哥的英姿，就涌过来，将卫玠围在中间，大概这种态势一直在持续，致使这位身体素质一般的帅哥再也支持不住，最后累得生病而死，于是有了那个成语"看杀卫玠"。

如果放到现在，卫玠一定是粉丝以千万计的高颜值小鲜肉，不过转念一想，审美标准在不断变化，别说上千年的变迁，就算是一百年、十年，审美的标准都在持续改变。

倘若卫玠容颜不变，穿越到 21 世纪的现在，是否还会有那么多粉丝？应该是有疑问的。今天看到历史资料，还在那里想卫玠到底帅到何等程度，那是因为他的帅曾经如此惊人地存在过，而不是现在他依然存在着。

有那么一段时间，我非常迷恋 F1，还为此订阅了相关的杂志，那时候第一喜欢的人是 Kimi，只要有他的比赛，哪怕不吃饭也要坚持看他一圈圈跑完。可巅峰时代的 Kimi，明明一骑绝尘跑在最前面，可时常会遇到种种问题，诸如爆胎、碰撞、赛车故障等等，瞬间退赛。那时候我手中如果有可以定格时间的魔法棒，我一定会在 Kimi 的车出故障前暂停时间。

后来 Kimi 离开迈凯轮-奔驰车队，去了法拉利车队，并得到了年度总冠军，再然后 F1 也是一代新人换旧人，F1 的速度和魔力依然。

现在的我不怎么看比赛了，但我仍会偷偷地关注和 Kimi 有关的新闻，在我最喜爱 F1 的日子里，是 Kimi 在赛道的那种冰火两重天的表现让我觉得花多少时间看 F1 都是值得的，曾经有他的 F1 还是如此美丽。

昨天总是会成为记忆的一部分，而对美好往事的感伤则是因为它已然发生，不会再重来。

　　——如海德格尔所言："一朵花的美丽在于它曾经凋谢过。"

　　其实还可以再补充一句："另一朵美丽的花正在准备绽放中……"

2018 年 6 月

十一、山月知心事

曾经看过一部电视剧，剧名为《江南四大才子》，里面有一个场景至今没有忘记：一个非常美好的月圆之夜，风轻云淡，温度适宜，花香四溢，雕梁画栋的院落内，苏州著名的才子文徵明先生和郡主朱娉婷小姐坐在圆桌边一起赏月。

才子风度翩翩，郡主美丽动人，的确才子佳人一对。不过郡主朱小姐从小娇生惯养，虽然很有教养，但刁蛮任性，突然指着夜空的那轮明月说："帮我把天上的月亮摘下来。"然后说了一些我也记不清楚的台词，但大概的意思就是：你若能摘下明月，那便是喜欢我，你若办不到，我就不理你了，反正就是十分的无理要求。

看上去很实在又有点迂腐的文徵明先生一开始也是有点不知所措，但才子终归是才子，很快想到了解决办法。

他找到了一个瓢，盛满水，通过移动位置让天上的月亮的倒影出现在手中的瓢里，于是郡主惊叹月亮真的被摘下来了，当然故事的结尾也就可想而知。

想起这段场景不是说为了取悦一个女孩子用尽心思，而是一种心境。能够安静地赏月，能够心无旁骛地作一首诗，能够为一件微不足道的事情去认真思考，这是一种值得寻味的生活态度。

这让我想到江南另一位才子唐伯虎的一首诗："花开烂漫月光华，

月思花情共一家；月为照花来院落，花因随月上窗纱。十分皓色花输月，一径幽香月让花……"

诗与我想要说的事情到底有多少联系，大概也就那么一点，只是瞬间想到，就如同风撩起发丝，转瞬而过，去向不知。

小时候，我喜欢雨天，那时候家里住的是一栋老房子，有着向外推拉式的木窗子，因此雨天便可以透过窗户向外看雨滴落在地上或者植物上时溅起的小小水花。北方的植物有一种神奇的生命力，春天或者夏天，在雨落下的时候，你可以看见植物的叶片在雨中长大，藤蔓向上攀爬，甚至还可以看到花开的过程，花瓣打开的声音也历历在耳，随之而来的是夹带着雨滴清新味道的花香。

北方的春、夏季的雨真的如此神奇，就好比你可以伸手摘下天边的彩云，放在口中品一下她的味道，永生难忘。

那时候仿佛每一个雨滴之下都有一个小小的遥远的梦，想象自己如何像一株植物般静静地成为大人，长大以后又身在何方，做着何种事情。这种双手托腮呆呆遐想的日子，许多年以后我都不曾忘记。

成年以后的我，到了南方工作、生活，江南的雨比北方要多得多，遇到梅雨季节，几乎整日整日地下，终日不见阳光。有时候我会落寞地看着雨从空中落下，但植物在雨中似乎并未成长，花在雨中并没有开放，相反还会寂寥地落下花瓣。

那时节我不会再去想未来，而是反过来去想过去几年是怎么无影踪的。思来想去，却怎么也想不起来，到头来，只有无尽的忧伤。

直到有一天，我才明白，时光无论怎样都会抛弃我们远去，但相比较时光流逝更为伤感的则是自己消失已久的怀有理想地活着的想法。

童年之所以觉得快乐，是因为自己的未来有太多不可预见的未知。自己为了那种未知努力、找寻、思索，所以生活没有乏味，也没有希望它停滞的忧伤。就好比村上春树先生解释过为什么他的书中主人公都是20岁左右的少年：因为年轻便可改变，具有可塑性。

生活从来没有改变过，时光也没有为谁停留过，生活的味道源于自己的选择。

植物会在雨中成长，花开的声音也很动听，倘若没有欣赏植物生长，安静地听花开的心态，世间的美也就不再存在。

人不应感慨岁月的流逝或者生活的平常，而应该怀有理想地生活每一天。温庭筠有一句诗："山月不知心里事，水风空落眼前花……"不，不是这样。

《海阔天空》

有情调的雨随时都在下着，有生命力的植物一直在生长着，美丽的花开放的声音从来都在你的耳际。你看不到世间的美好，无法欣赏自然的纯粹，是因为它们不曾在你的心里存在过。

2018 年 9 月

十二、眼前人

唐代大诗人元稹有一首非常有名的诗《离思》：曾经沧海难为水，除却巫山不是云。取次花丛懒回顾，半缘修道半缘君。

这首词千百年来，迷倒了无数以为爱情真是天长地久有时尽，就算相恋一百年也愿带你浪迹宇宙的纯真男女。当然，这种可能也是存在的，只是概率有多大的问题。

不过，元稹这位酷帅又有才华的诗人，他的专情似乎只是停留在诗句里，真正的他风流韵事多得大概可以拍成 5 季电视连续剧。

除了这首诗，元稹还写过一部传奇小说《莺莺传》，有很多人认为这部书就是后来的《西厢记》的源头。小说描写的爱情故事不去讨论，只是其中一句诗读起来别有韵味："还将旧时意，怜取眼前人。"这是小说中的人物莺莺小姐写给张生的，那意思无非是既然已经弃我远去，另寻她人，就应该好好地对待你现在的情人。

现在看起来，这位莺莺小姐还是一位很有原则和气场的女子，不纠结、不留恋，也不说难堪之语，只是轻轻斩断情丝。

这句诗后来又以另一种形式出现在宋代词人晏殊的《浣溪沙》里："满目山河空念远，落花风雨更伤春。不如怜取眼前人。"词有一种淡淡的忧伤，傍晚空中漫天飞舞着萤火虫，背景则是正在消散的华美的晚霞，充满静寂和情调之美。仿佛词人手握酒杯，站在高处，俯视着眼前的美好景象，却在感叹时光易逝，季节轮转，所有的美好，既近在眼前，又无处捕捉……

几天前，我去思源湖边，我记得那里有几株正在盛开的桃花。不想走到湖边，却发现桃花早已不见踪迹，就算一片飘落的花瓣都不曾发现。

站在原地思考良久，才想起，我记忆中开满桃花的时间应该推移到两周以前。我拼命地搜索这两周的记忆，打游戏也好，追剧也好，吃喝玩乐也好，可全然没有。

到底做了什么？竟然一点也想不起来，可时间已经离开的事实就那样活生生地摆在手机的日历里。没有任何记录，也不曾亲自翻过哪一页，可它就是一页一页地自动翻过去了。

花开、花谢、花会再开，花就算忘记千年前的自己，依旧还会在千年后在适合的季节绽放自己的盛世美颜。

想到这儿，顿觉伤感，不可控的时间就一直这么缥缈散去，无声无息。我们能做的唯有在花开的时节，认真地享受花开的美妙时光，在落花时节，等待明年的到来……

就在昨天，当然也可能是前天，我遇到一个人，他跟我说了很多烦恼。他觉得他总是对别人好，却又得不到别人的回报。每一次他遇到困难，找到的人都很冷漠，不帮他，以至于他觉得世上没有可靠的人，没有值得信任的人，除了他自己。我不知道该如何去劝解他，毕竟我不是心理咨询师，所以只能聆听，一直到他不再想说为止。

他说的烦恼，大概每一个人都曾遇到过，区别只是我们该如何去看待我们对别人的好，还有所谓的别人的冷。放弃站在别人的角度去想问题这个说法，更多的时候，我们没必要让自己深陷在这些自己无法解决，也不能控制的问题中，别让自己纠缠于这些让自己苦恼又无利于生活的事情而虚耗时光。想到这儿，那又有何事值得伤感呢？我们应该善待自己遇到的每一个人，并且学会不纠结、不苦恼，才能更好地掌控自己。

就像东野圭吾在《变身》里写的那一段："所谓活着并不是单纯的呼吸、心脏跳动，也不是脑电波，而是在这个世界上留下痕迹。要能看见自己一路走来的脚印，并确信那些都是自己留下的印记，这才叫活着。"其实，这句话对生活要求太高，只要生活的每一天，都认真对待每一天所遇之人、所遇之事，做自己所喜欢的自己，就是一种认真的生活态度。

怜取眼前人，怜取眼前事，怜取眼前的时光，做自己所爱的自己。

2019 年 4 月

十三、再遇见

前几天，刚刚看了《千与千寻》，有人说："18 年后，我已成为无度吃喝的无脸男。"还有人说："18 年后，除了网名，我真快忘了自己的原名了。"

于我而言，无论是 18 年前，还是 18 年后，都会问自己：走累了，看到无人看管的食物会不会吃？现在所做的可否是许久以前我的理想？我是否有足够的勇气仅仅为了一个心愿而孤独地踏上陌生之地？

我不知道。

确切地说我不敢给出一个肯定的答案，这就像草地上有一株雨后顶着水珠新生的蘑菇，在阳光下闪闪发光，你问我："这蘑菇能吃吗？"我答："拍个美图肯定可以。"

倘若一定要将 18 年前与 18 年后的自己做一个对比，那时与现在的自己终究是不同的。这种不同不是沙丁鱼罐头过期，亦不是旧照片的模糊泛黄，也不是曾经刻下的目标被搁置在某个古老的树皮之下，已被蚂蚁啃噬，成为一堆碎屑，而是自己与自己在时光里的一场再遇见。

18 年，很多东西都会改变，譬如皮肤就肯定不会有那时好；无论如何都没那时看起来可爱；那时候似乎面前有很多条路，却不知道该选哪一条；还有，那时候还会给自己制订很不可思议的目标……

时光会改变一个人：你的年龄，你的容颜，你的气质，你的性格，你的品位，你的理想，你的思维模式……但并非所有的改变都是让你远离理想中的千寻。

18 年前，我还在大学里读书，学院里有一个女生是"校花"。那时每次看到她，身为女生的我都会被她的美貌击倒，颜值、身材俱佳，追求者甚众，绝对是那种单靠颜值，在擦身而过的瞬间就可以成为很多人心中的"百分百女孩"。

那时的我，经常会在内心里责怪父母为何不把我生得再漂亮一点，甚至因为这个有些小小的悲伤，再然后就演变成嫉妒。这种嫉妒表现在：你明明很漂亮，可我就是打死也不赞美你，一如月色再美，我也要说夜太黑，风太冷，我更想看星星。

现在的我，觉得所谓外在的美只是各种不同几何图形的组合，如果组合到画板上，只有用心思考过再配上创意色彩才能找到闪光点。

美是需要用一定的时间去认真感受形体背后的灵魂所在的存在。那位写了很多人常常没法坚持读完的长篇巨著《追忆似水年华》的大作家马塞尔·普鲁斯特，他说过一句话："伟大的艺术品不像生活那样令人失望，它们并不像生活那样总是在一开始就把所有最好的东西都给了我们。于是，嫉妒那东西，在经过岁月的成长之后，烟消云散，

《一只有趣的酒杯》

它在许久以前的某一个点，戛然而止，反之而来的是对生活的一种感恩和宽容之心。"

还在读书的时候，班里有一个学生，他得到了很多证书，有荣誉证书，也有自己考来的各种资格证书。他非常努力地学习、读书，自然也是优秀的学霸。于是，我也开始熬夜读书，想办法考那些证书，想证明自己也很优秀。

可后来的我，明白别人的人生并不是自己的人生，每个人都应该在成长的路上寻找自己喜欢的到底是什么。就像一群人走进果园，有人摘樱桃，有人摘葡萄，有人摘苹果，有人只是坐下来静静欣赏果园。最好的我们就是在不断飞驰前行的时光里看到何为自己，找到并确认那就是自己。

这世上的美好，不在许久以前，也不在许久以后，而是在时光的流逝中将并不美好的那个自己留在原点，让另外的自己一直向前，在未来遇到更好的自己。

2019 年 7 月

十四、美女的第一标准是礼貌

美女这个词，在现代社会，可能不再像古代所说的四大美女那样，必须会琴棋书画，还要美得"云想衣裳花想容"。现在只要她是女性，就可以叫美女。但是在我们心里，其实对美女的评判还是有标准的，譬如在颜值的判断上，否则就不会有那么多医美概念存在了，这点谁也否认不了。但颜值可能只是美女的条件之一，绝非第一。

在我看来，美女的第一标准应该是礼貌。

礼貌听起来是一个非常简单的事情，你可以理解为待人接物语调温柔，惯用"谢谢、您好"，其实这是一种行为习惯，真的礼貌包含了太多东西，其中最重要的我认为是不讲别人坏话，一个受过良好教育并有礼貌的人，一定不会讲任何人的不好。

礼貌看起来简单，但背后包含了太多的内容。

在《挪威的森林》中，我印象最深的是永泽说的一句话："所谓绅士就是他做他应该做的事情，而不是做他想做的事情。"这句话仔细想来意味深长，这句话同样适用于美女。一如你在路上开车，可能还听着上尉诗人演唱的《1973》，那曲调伤感却不让人深陷其中。突然遇到了变道的司机，这个时候依旧能够保持冷静，什么也不说，继续好好地保持与他的间距是需要足够的涵养的。而涵养既需要长时期的读书、领悟，还需要环境的培养。

遇到很多让人觉得生气的事情，是一件很正常的事情。譬如你可能遇到遛狗不拉绳子却觉得无所谓的人，你也可能遇到带着孩子在公共场合摘花然后随手丢掉的人，你也可能遇到不排队直接理直气壮插队的人。能够以礼貌的方式对待这些事情，保持心的平静，礼貌地解决问题，都体现了一个人自我控制情绪的能力，也是美女的必要条件哦！

其实学历与有文化早就被证实是两回事情，有的人拿到了很高的学位，但仅限于狭隘的知识体系，说话、做事依旧是给人没有文化的感觉。因为读书，读什么样的书，读完书从中领悟到多少，才是衡量文化的标准。

清代戏剧家李渔在《闲情偶寄》中讲述了他判定美女的几个标准，其中一条就是读书，只有读书才能培养出贵雅的气质，而礼貌恰好是这气质的最好体现。

所以，美女的第一标准是礼貌，只有礼貌的女性才具有真正的美女的资质。

2019 年 12 月

十五、恋上某人的骑士精神

最近，我看了一部韩剧，我都怀疑自己怎么又一次上了韩剧的当，大多就像小鱼吐的泡泡，散开几个圈，消失得无踪影，情节有太多的不可思议，超越了童话故事的想象力。可我一成年人，却心甘情愿地上当受骗，跌入追剧的人潮，而且还不可救药地喜欢剧中的男主。

于是我认真地思考了一番，为什么明明知道不真实，却能义无反顾地看下去？总结起来，并不是剧情吸引了你，而是主角的人设承载了太多人性的光辉。从《我的名字叫金三顺》里的振轩，到《来自星星的你》里的都教授，再到《爱的迫降》里的李政赫，无论男主身份怎么设定，都绕不开这些特征：富有、高贵、谦逊、正直、彬彬有礼、诚实、具有同情心、英勇、灵魂孤独且独立、隐忍、明辨是非，妥妥的骑士精神附身。

这么多的良好品质，既是我们自己所追求却又极难做到的。因为那样的人在现实生活中，你极难找寻到，而韩剧的男主角满足了你的精神需求。以纯爱故事为题材的韩剧，它的男主角真实地满足了你所有想要得到的。

所以，我终于明白，我追剧的动力不是源于故事多好看，也不是场景多唯美，而是为了能看到那些人性的美好。

而这些美好有如下特征。

谦逊有礼。那些大热的纯爱故事中的男主，譬如《来自星星的你》里的都教授，一出场就会让人感受到他出众的气质。没有过多的肢体动作和夸张的表情，不太热也不太冷的表情，更没有高人一等的傲气。

　　相反，他们言语温和、打扮得体，对任何人都是谦逊的态度，谦逊的气质可不是物质可以打造出来的，谦逊是一个人的内在气质的外在表现。没有足够的修养，是不会有谦逊的气质的，正因为有这样的气质，才会形成一种气场，让观众一眼着迷。

　　正直。韩剧里那些令人着迷的男主，都有一颗正直的心，他们不趋炎附势，不会为了物质放弃自己的原则，更不会表现得懦弱，当然前提是男主的人设都是富有的，自己可以任性地听从内心的安排去做事情。他们见到不公正的事情，总是挺身而出，哪怕危及生命，也在所不惜，具有一种人人都渴求的灵魂。

　　诚实。生活中，我们有时候为了应对各种状况，或多或少总会说谎话，谎言有违我们的内心，也会让我们不安。于是我们渴求别人都是诚实的，我们想接近，也希望我们身边的人都是诚实的，那样会给自己带来安全感。韩剧的很多男主无一例外地满足了你这个要求，他们总是真诚地对待生活。假设迫于无奈需要撒个谎，也会脸红、害羞，那是一种无可奈何的自责，让你觉得他很可爱。

英勇。韩剧的很多男主不可否认都是很帅的，但男配也一样的帅。可当你遇到困难，甚至遇到生命危险的时候，男主永远会无畏地冲上去，不顾自己生死地守护你、守护正义、保护弱者，估计任何人都希望自己身边有一个这样的存在吧。

孤独。我最喜欢的一句关于孤独的话是："孤独是一种人生境界。"孤独的人其实一直在拷问自己的灵魂，于是孤独的人便有了一种忧伤的迷人气质。韩剧的很多男主，都有着不为人知的经历，他们一定不是聚会的主角，也不是人群中的焦点。他们总是以跳出群体的视角，看着走来走去的人群，让观众觉得他只是代替你在看这让人捉摸不透的生活。

隐忍。一提到隐忍，我就容易想到《火影忍者》的一句经典台词："为了你，我愿与世界为敌！"韩剧的男主角一定不会这么直接地说出来这样的话，却用行动表达了这个意思。为了你他可以忍受不公，可以杜绝一切诱惑，专一得像情感设定好的机器人，而你可能既不漂亮也不优秀，只是人潮人海中连小提琴曲也欣赏不来的那么一个女孩。

有同情心。韩剧的男主角，可以整齐划一地归结为具有同情心。他们本身往往身居高处，要么富有，要么学识渊博，充满对弱者的同情和理解，愿意帮助那些需要帮助的人。至于人性本善，还是本恶，我不知道，我只知道那些有同情心的人才会善良、才会友好、才会让人觉得放松。

判断力。生活充满流言，很多事情是看你站在哪一个角度去判断，但在大多数情况下，是非还是有一个标准的。韩剧的男主都很有是非观，他们不会被流言所改变，也不会因其他人的游说而轻易改变初衷，他们用自己的洞察力去判断真伪。因此跟他们在一起，你不用担心被误解，也无须担心他随时会改变对你的态度。这是一种安全感。

品位。品位是什么？好像不好回答，有时候有人会说有钱才有品位，我无法否认，但有一点可以肯定，有钱不是一定就有品位，没钱也不是一定就会粗俗。

品位只是让人有更好的体验感，而这种感觉往往是给别人的，不是给自己的。韩剧的男主，大都品位不俗，举止优雅，他们欣赏的女性往往不是单纯的漂亮。因此韩剧中的女主并不是那种流行的高级脸，更不会是冷若冰霜的冰美人，也不会是不读书一脸物质欲的女人。她们清一色的单纯、可爱、善良、善解人意，有一些可能还有些古灵精怪，但都汇聚了好的品性，选择一个什么样的女朋友恰好是证明一位男士品位的最有力的方式。

总之，这样一位男士，有较好的经济条件，有着迷人的气质和颜值，又不会被美貌所迷惑，不会随波逐流，会设身处地地替你着想，谦谦有礼、充满同情心，勇敢地维护正义。其实与其说我们喜欢的是这样的他，不如说我们希望这样的他就是我们自己，或者是我们不期而遇的某些人。

2020 年 1 月

十六、怎样更好地欣赏艺术

一个好的艺术创作者，一定先会欣赏艺术。

"欣赏艺术"这个词并不是为了艺术家而存在的，是面向所有人的。

我经常听到有人这样说："前天，看了一个画展，画家非常知名，开了三个小时的车才到那家博物馆，可只看了五分钟，根本没看懂。"

现在展览多到让人不知道该如何做优选，展览的内容也非常广泛。不是一提到展览就会想到画展，还有青铜器、瓷器、陶器、雕塑、剪纸、装置艺术等等的展览都值得我们去参观。

有的人在一个展厅反复认真地看每一件艺术品，一个展览花费几个小时才看完；有的人，走马观花，一顿拍照，几分钟结束。这可能是兴趣、关注点不同，也可能是对所观察的艺术品理解有差别，也可能受制于个人的时间分配等。

真心欣赏艺术品，并能读懂艺术品本身所传递的信息，还是需要提前做一些准备的。

读一本世界艺术史方面的书籍

一般而言世界艺术史书籍都是超大超厚的，若要携带方便，那就只能下载电子版。

艺术史书多数并不是风趣幽默的风格，而是学术性的。

譬如你不会在艺术史书中读到这样的文字：

那年春天，苏州，一位俊美的男子站在窗前向远处眺望。此刻，微风拂拂，窗外杏花初开，远处连绵的青山因为昨夜的细雨呈现一片黛色，几间茅屋在雾色朦胧中若隐若现，一位红色衣裙舞动的美人儿从窗前摇曳而过。

一时间灵感袭向男子，他迅速回到房间，研墨、调制颜料、拿出秘制的胶、铺展宣纸，只见画笔在宣纸上灵动描绘，顷刻间一副稀世之作就诞生了，这就是传世名作：《杏花茅屋图》。

那个男子就是著名的江南四大才子之一唐伯虎，可窗前经过的美人儿却不是秋香。

艺术史是很严谨的，因此要一行行、一页页地读，读完还不能忘记读的内容，真的有点困难。我们可以买回来放在书架上，有时间就读几页，或者观展前翻看与展览作品背景相一致的那一章，选择性阅读。

艺术史一般都会有明确的时间线，并根据不同区域的艺术发展史来讲解。就算我们不去看展，也可以从中了解到人类艺术发展的过程，通过阅读艺术史，还可以很好地理解那些我们常常看到的却不明其意的词，如巴洛克、洛可可、新古典主义、巴比松派、印象派、后印象派、象征主义等。

艺术史十分浩瀚，我读过不下三遍《詹森艺术史》《世界艺术史》等书籍，每次重读都会觉得自己了解得实在太少了。我也买了很多自己喜欢的艺术家的画册，从绘画、雕塑、陶艺、建筑、家具到摄影都有买过，至于是否认真读过就连我自己也不说不清了。因为读艺术史，所以我更愿意去观展，可以亲见书中描述的那些艺术品实在是让人有种无法言喻的满足感。

我们也可以读一些哲学书籍，很多艺术家会结合某种哲学理念去创作，或者在自己的作品里体现某种哲学理念。广泛阅读各类书籍才有助于深入了解艺术品，当然前提是你真的喜欢艺术品。

提前了解展览主题相关信息

已经预订好去观展，可以提前在网上查阅跟展览主题相关的信息，包括展品的创作者、展品隶属的年代、展品的风格等等，都有助于我们更好地了解展览作品的背景和相关专业知识。

艺术的形式多种多样，随着时代的进步，有很多新的艺术创作模式和艺术表达形式，可能我们在书籍中并不能轻易找到，但可以在网络中了解相关知识。

如果某个展览既小众又个性十足，无论书上还是网络，可以获取的相关信息都不多，那就现场认真地看宣传小册子，然后静静欣赏吧。

根据兴趣学习艺术创作

绘画按照工具材料，有国画、油画、水彩、漆画、版画、电子绘画等。按照题材，又可以分静物、人物、风景、抽象等，此外还有漫画、插画、年画等。

单单绘画这一艺术形式就如此复杂多样，仅仅依靠书中的介绍，很难区分掌握各类绘画材料和工具，也很难判断绘画的类别。

摄影也一样，除了题材外，单单摄影器材也足够我们学习、研究个一年半载了。

《静物》

适当的艺术实践可以帮我们解决这个问题。

如果有兴趣，可以利用空余时间，跟着艺术类的教科书自学，也可以选择合适的艺术工作室在网上或者现场学习。

实践会让人更快地了解艺术的本质和真谛，培养我们的审美品位，对于观展体验感也有很好的引导和提高作用。

2020 年 12 月 10 日

十七、有一种优秀叫没有嫉妒

我认识一个气质优雅的姐姐，我一直以为她只有 40 多岁，打扮得十分得体。行为举止很是礼貌，总是一副谦和、温婉的样子。

直到某一天，我才知道她已经六十几岁了，我反复确认了几遍，才敢相信。

以前在网站常常看到有一些保养得体的女星，虽然年纪已经不小，但她们看上去依旧神采奕奕，无论是身材还是容颜，都管理得十分好。总是有人会在这个时候说，那是滤镜和化妆的效果，对此我也怀疑过。但事实显然说明：年龄可以改变，容颜的衰老程度因人而异。

因为喜欢摄影，在生活中我会不经意地观察人的脸部表情，琢磨拍摄的最佳角度，因此在我接触的女性朋友中发现了一些规律。那些比实际年龄小，而又有着经得起推敲的颜值的女性，似乎都有这样一些共同点。

真诚且善解人意

有一次，我为一个朋友拍照，那天阳光强烈，我前几天也没有做好策划，于是在太阳底下万分疲惫地拍了几个小时，拍了两百张图，可 99% 都成了废片。

她没有表现出任何失望，而是反过来安慰我说："你拍得已经很惊艳了，我早上出来那么晚，也没有认真化妆，能有这样的效果，我很开心。"其实作为摄影师的自己很明白问题所在，不能对方不说破自己就假装不知道。

善解人意的女性，懂得站在别人的角度考虑问题，不指责和埋怨别人，她们的脸上不会总是写着怒意，进而就不会刻薄。温和与温润就是一种上等的护肤品，哪怕你昨晚熬夜，今晨的脸上也会自带光芒。

宽容且淡定的气质

那些气质斐然，魅力十足，似乎格外受到岁月青睐的女性通常都有一颗宽容的心。

她们不会为了一点小小的事情斤斤计较，更不会整天无事生非，背后讨论别人的不好。

因为对与错，没有绝对的，过多地将自己的时间放在这些事情上，只会徒然增加不必要的烦恼，虚耗自己的时间。

这世上还有什么比时间更重要的东西？遇到任何事情，都能给自己保留三十秒的淡定时间，而不是冲动地脱口而出，不给对方留有余地。那随之而来的心痛，可能会延续很久，胸中总有不满，人就不会漂亮。而那些真正美丽的人都有着宽容且淡定的心。

疏离的不俗气

每次读到李清照的词，我都会想她一定是一位气质斐然的美女，她优美又有品位的词已然代表了她安静而优雅的容貌。你不会想到这样一个人也会衰老，你会认为她就是一位一直年轻的博学的美女。

读书，是一个简单的词，可在手机应用奔涌来袭的今日，能安静地读一本书，不管是电子书，还是纸质书，都需要有一颗安静的心。

人虽然生活在色彩缤纷的万千世界，可总要懂得生活有时是孤独的。

读书，认真地读好书，在书中领悟生活的真谛，才会有一种独特的、疏离而不俗气的美。

得体的衣着

那些被时光偏爱的女性，都会比较注意外在装扮，不会找借口说没时间。她们会保持得体的服装搭配，适宜的妆容。

之所以会打扮得体，是因为她们珍爱自己，也尊重他人，这样美就会眷顾她们。

努力但不功利

我认识一个女性朋友，她有着异乎寻常的意志力，这种意志力完全超乎我的想象。因为她老公工作忙，她一个人带两个孩子，并且没有让家里的老年人帮忙带孩子，自己带着孩子还努力做着自己喜欢的工作。虽然累，但每次看到她，我都会被她的努力所折服，她身上总是散发着让你欣赏的光芒，理性、果敢却不逐利。

她说她并不是为成功去拼搏，只是在适当的年龄努力做自己理想中的事情，仅此而已。

那些被时光眷顾的女性，通常都很努力，她们会在自己喜欢的事情上全情投入，却不会为此成为博取他人关注和上升的砝码。

懂得欣赏并赞美别人

"生来就具有某些优秀品质的人的可靠标志是生来就没有嫉妒。"

这是 17 世纪法国作家弗朗索瓦·德·拉罗什富科的名言。

对于美女的界定，除了不可改变的外在颜值，还需要一点就是要像名画一样经得起岁月的蹉跎。

而这样的美女，她们大多会欣赏别人的美好，并不吝惜赞美别人，嫉妒与攻击性的语言跟她们无关。懂得欣赏别人身上的美好，并真心诚意赞美这种美好存在的女性，她们的美才会历久弥新，让人不厌倦。

接受新事物，不故步自封

我认识的一位女性，她本来是一个非常节约、非常宅的人。可在她 70 岁的时候，突然决定要周游世界，然后拿出所有存款就去做了。

她面对别人的惊诧，只是淡淡地说："人应该多看看外面的生活，不应该用年龄自我约束。"于是，我时常在朋友圈看到她"晒"各国的人文地理风光图，还会配上很多自己对旅游之地的感想，图片中的她神采奕奕，比几年前看起来还年轻得多。

可以说那些被岁月温柔以待的女性们，她们都有一个共同点，就是不会说："我年纪大了，这也学不会，那也没必要学了。"年龄只是一个数字，而保持一颗接受新事物的心，跟年龄无关。不要让时光抛弃你，而是要让时间觉得你跑得比它还快。

时间不管怎样科学管理，它总要头也不回地离你远去，与其望着远去的时光哀叹它的无情，倒不如用自己的方式，让时间回眸与你相望。

美，就是一个有生命的小精灵，它在每一个女孩子的心里，你善待它，它就会一直陪在你身边不离不弃。

2019 年 6 月

十八、春草梦

提到月亮，我第一时间想到的竟然不是大词人苏东坡的那首词《明月几时有》，也不是夏目漱石那句话意味深长的"今晚的月色真美"！

我想到的是我小学一二年级的时候，老师留的一份语文作业"写一段关于月亮的话"。

我回到家里左想右想，写下：今晚的月亮像一个明亮的圆盘，又像一块金色的月饼，照亮大地。我把这句话念给妈妈听，妈妈说写得很好。

于是第二天上语文课，我就自信满满地等着老师让大家站起来朗读昨天的作业。不想，老师按照座位顺序从最左侧一排开始（一共五排座位，我在第三排），上来第一个同学说的就是："今天是十五，月亮大得像一个盘子一样。"然后下一个小朋友接着说："月亮就像一个圆圆的金色的汤圆。"我长吁一口气，还好没完全重复。可很快就有小朋友说月亮像一块金黄的月饼……于是我自信的原创佳作，就这么重复了。等到老师叫到我，我竟然灵机一动想到了这段话："月亮里住着美丽的嫦娥姐姐，还有一棵月桂树。"

《诗经》有云："月出皎兮，佼人僚兮。"唐代王建写过："今夜月明人尽望，不知秋思落谁家？"宋代大词人苏轼那首《明月几时有》将月亮写到了前无古人、后无来者的境界。清代贵族诗人纳兰性德写道："明月多情应笑我，笑我如今，辜负春心，独自闲行独自吟。"描

《瓶花》

写月亮的诗和词真的好多好多……

所有这些，让我们觉得月亮依然是千百年前的月亮，嫦娥依旧是那个不变的嫦娥。而我们却不可能是昨天的我们了。

几天前，我在植物园旁边看到今年的银杏叶已经落了一地，黄色叶子美如高级定制的小扇子，堆积在一起，一如时光赠予我们的明信片。它们告诉我们四季在无声无息间轮转，不久前还是草绿色的银杏，已成为从前。

我们的生活总是有种种烦恼，生活、工作等等诸如此类，时常我们解决了一个问题，放下了一种心情，另一个困惑又会随之而来，可所有的这些跟时光悄然逝去相比，都不值一提。

宋代大学者朱熹有一首《劝学诗》：

少年易老学难成，一寸光阴不可轻。

未觉池塘春草梦，阶前梧叶已秋声。

在时光里，还有什么比读书和认真做自己喜欢的事情，或者说做好自己应该做的事情更重要的呢！

2019 年 12 月

十九、人生，一如建筑

人生是什么？

这是一个古老的话题，不过至今也未过时。

在哲学家看来，人生可能是一篇逻辑严谨的论文，不过有时也可能仅仅是一句话，如萨特"他人即地狱"，笛卡尔"我思故我在"。

在文学家笔下，人生是一部内容跌宕起伏、曲曲折折的玄幻小说，而作家本人可能一直都是主角的代言人。

在艺术家笔下，人生是各种颜色组成的渗透着深奥理解力的画面，可能是美好的，也可能是令人恐惧的。

还有，很多关于人生的理解……

其实人生没那么深奥，也不是表面那么肤浅。

人生就是一个过程，一如我们都熟悉的建筑。不过人生这座建筑最显著的特点是方案设计的周期比较长，你可能经过 20 多年还没确立最后的风格。当然一旦方案确定，如需修改，人生也会跟建筑设计变更一样要付出巨大的代价。

好吧，现在就看看人生，跟建筑是何其相似。

婴儿期，就是建筑的基础阶段。

在这个时期，你得好好打桩，一根一根地压下去，丝毫含糊不得，基坑的养护期绝对不可缩短。与此对应的，你得好好喝奶，吃各种营养和微量元素丰富的食物，慢慢地学走路，循序渐进地思考周遭的事物，你就是未来的希望，人们都在期许你的未来——一栋美丽耀眼、让大家都喜欢的"建筑"，现在你人生的建筑方案正在开始设计。

童年期，有了概念性的设计方案。边施工边修改吧，不过这一阶段大抵类似于建筑主体结构的施工期。

童年期，你的节奏是一级级向上的，1年级，2年级，3年级……5年级，还有各种音乐、绘画的考级。各种日常比赛和培训，你的人生的知识量也是层级递增的，这一阶段的人生承载着以后人生的主要构造。而建筑的主体结构在基础之上，承载着工程上部，维持上部结构的稳定和安全，是保证建筑整体可靠、正常运行的基础。

这一时期虽然暂时还看不到建筑的最终效果，但大概的雏形让所有的人都充满了快乐的期许，各种美好的效果图在脑海中一页一页翻过去，不过方案还未最终确定，选择还在进行中。

青年期，主体结构封顶，二结构、装饰和机电工程开始。

这一阶段虽时常有小的设计变更发生，偶尔也会有大的设计变更，但总的设计方案已经明确下来。你读什么样的高中，选择了哪所大学，读了何种专业，都有了结果，职业选择已然基本确定。这一阶段最大的变数就是结构封顶后的质量验收，然后二结构的精细施工，还有装修方案的设计及反复修改。当然将建好的建筑推倒重来的也有，但概率不高。

我们在人生的这个阶段看到了成果，看到了一栋未来的建筑，可能有迷茫，也会有失落。因为与原初的设计方案和效果图相比，会有些许甚至较大的偏差，但更多的还是快乐，毕竟一栋建筑即将竣工，值得庆祝一番。人生还有重新修改和设计的机会和空间，只要努力，一切皆有可能。

中年期，建筑的内、外立面都基本装修完成。

人的气质大都在这一时期确立下来，就好比不同的建筑风格，有古典主义建筑风格，如古希腊建筑风格、文艺复兴建筑风格等；有现代主义及后现代主义建筑风格；有中国园林式建筑风格；有美式建筑风格；还有各种地域特征明显的建筑风格。

不管怎么样，都有一种属于你的风格，实在不行，你还可以创造一种风格，这也是一种岁月积淀的气质。

老年期，建筑已经竣工交付，建筑的风格基本确立和固定，当然

《海星》

这可能是一栋普普通通的建筑，也可能是一栋未来的历史建筑。

但不管如何，你现在需要做的就是好好维护，并适当修缮这栋建筑，让这栋建筑保持它的气质和美。

2019 年 12 月

第三卷

他年此刻

二十、我的姥姥是个90分"满格"美人儿

我的姥姥是我见过的最美的人儿。

无论是黑白照片中 20 岁的她，还是后来我所见到的 60 岁、70 岁、80 岁的她，都有一种让人过目不忘的美。

一个真正的美人儿，按照我的理解，必须达到下面这九个格子中的要求，而我的姥姥刚好全部符合，所以，我称她为"满格"美人儿。

按照这个计算方法，就算是满格也只有 90 分，因为这世上没有十全十美，另外 10 分要交给偏见、世俗和个人审美的不同。

我的姥姥生于 20 世纪 10 年代末期，她有一个很美的名字：田知。据姥姥讲外曾祖父是晚清的秀才，也有长辈说是进士，但已不可考证，但不管怎么说外曾祖父是一个读书人无疑。关于我的外曾祖父家世如何，我则一无所知。

外曾祖父在家乡创办了一所私塾学校，姥姥从 9 岁开始在这所私塾学校读书，一直到她 19 岁嫁人。

外曾祖父除了让姥姥熟读《论语》《诗经》《道德经》《本草纲目》《三字经》，也读《西厢记》《红楼梦》等，还要每日练字、弹琴、做女红。所以，虽然姥姥没有上过正规学校，也没有拿到学位证，但她知书达理，喜欢阅读，更擅于思考。

我小的时候，姥姥经常给我讲故事，提到贾宝玉和林黛玉的爱情，

气质	格调	情商
10分	10分	10分

知识量	清透	视野
10分	20分	10分

个性	逆商	智商
10分	5分	5分

个人审美角度不同及偏见10分！！！！！！

《满格美人儿计算方法》

姥姥曾经这样说过："月下老人为每一个青年男女都安排了意中人，有些人因为相遇而结婚，有些人仅仅为了爱上彼此而遇见。"

除了读书外，外曾祖父对姥姥还有十分苛刻的日常要求，那就是训练她的言行举止。据姥姥讲，外曾祖父手里的戒尺除了用来打读书不好的学生手板之外，另一个作用就是抽她的腿和背。只要她稍微走路驼背或者两腿走路不在一条直线上，抑或步子迈得大了、迈得快了，迈步的时候面部表情不雅观了，边走边说话声音大了，痴痴地笑出声音了，就必须要吃一顿板子。而那板子是真用力，一下就是一条血印子，因此姥姥直到 80 岁，无论站着还是坐着都保持着十分优雅的姿势，背都挺得很直。

我时常庆幸自己没有那样束缚我的父亲，却又情不自禁地羡慕姥姥那优雅笔直的身段。

第一次见到黑白照片中年轻的姥姥，我就被她身上的特质吸引了，照片中的她大约 20 岁的样子，周身上下透着一股我称之为"清透"的质感。

这种感觉，无关她身上那花纹别致的长旗袍，无关她浓密顺滑的长发，亦不是她纤细、柔软、高挑的身材，更不是她无瑕的肌肤和无可挑剔的五官，而是她身上那种如同一汪透明潭水般的清澈感。这种感觉，很少人具有，你会觉得哪怕照片中的她脸颊涂上泥巴，那泥巴也很快就会沉入潭底消失不见，灰尘跟这样的人联系不到一起。

　　她既让你想要近距离欣赏她的样子，却又不忍心用手触碰，就好比一朵刚要满开的芍药花，你一触碰，就折断一个花瓣，让它的满开有了遗憾。她那细弱纤长的睫毛，遮住了流光的眼波，让人产生一种强烈的保护欲。当然，上天眷顾，姥姥本人肌肤白得如奶油一般，身高166厘米，在那个时代绝对是高挑女孩，牙齿整齐洁白，眼角微微上挑，有一种隐隐的小锐气，却没有攻气。她看向你的眼神，仿佛是说"我能读懂你的心思和你的一切，但我不会为你打分，更不会说出我对你的想法"，有阅历但绝不世故。

　　这种"清透"的感觉一直都伴随着我的姥姥。虽然随着年纪增长，就像一朵绣球花历经冬日，终要渐渐枯去一样，人的衰老在所难免。然而那种清透的感觉却可以长久保持，一个真正的美人儿，八十岁，一百岁，哪怕两百岁，也一定要有一种自带的"清透"。

　　外曾祖父之所以培养姥姥读书、弹琴，时刻保持优雅。用姥姥的话讲：一方面是因为外曾祖父是读书人，他深知读书对女孩子的重要性；另一方面则是希望提高姥姥的形象，让她顺理成章地嫁给名门望族，过上一生富贵无忧的生活。

这大概也是一个良苦用心的父亲为女儿设计的完美人生，可世事并不如他所愿，它总是与预设背道而驰。

姥姥有四个哥哥，他们当时都在外地做生意，大概也因此结交了很多富有的朋友。总之在姥姥的讲述里，她在十几岁的时候经常出席各种活动，很多礼仪也都在那时养成。譬如在家里接待客人，可以穿颜色鲜艳的礼服。外出去别人家参加活动，则不可以穿得太鲜艳，避免越过了主人。与客人同桌用餐，除了不可以出声音外，还不可以大口吃。摆在自己面前的菜无论喜欢与否都要就近夹起来吃一点，绝不可以站起来指着距离远的一道菜说自己喜欢吃。喝酒的时候，要用袖子遮住嘴巴和酒杯，免得暴露不雅的表情。不可以多说话，更不可以主动提出话题，一定要注意倾听别人在说什么，并顺着别人说的话讲下去。既要矜持，又不能做作，看到某个心仪的男子，表情和肢体都不可以泄露半点……

总之，如此这番，这番如此，这女孩子气质培养得的确出众，人又聪明，又十分擅长交际，甚至年轻的姥姥还给自己制订了人生目标：做一个成功的女商人。

少女时代的姥姥家，有一个不错的院子，院子里种着花草，所以她每天上午在外曾祖父的学堂读书，下午就是弄一些花草插瓶，写字，读书，或者跟家里的女人们一起做衣服和鞋子。

姥姥的生活很讲究仪式感，在每一个节日，她都必然穿着得体，摆好各种果蔬、坚果，这种仪式感贯穿她的一生，不曾遗失半点。哪怕后来家境落魄，她没有钱购买昂贵的物品，也坚持把食物做得精美，尽量用简单的方式，保持少女时代养成的生活格调。就算是在初冬，姥姥也会折一枝红叶插在瓷瓶里，装点属于她的生活。

"生活不能没有仪式感，也不能没有色彩。"姥姥如是说。

不过，这女孩子，虽然优秀到千里之内路人皆知的程度，可终究并未嫁到大富大贵的人家。

按照姥姥的回忆，外曾祖父本来是给她订了一户门当户对的人家，对方家里做药材生意，十分富有。那个男孩子年纪也与姥姥相仿，然而不知为何，却在婚期将近的时候，外曾祖父推掉了这门婚事，原因也一直不肯说出口，姥姥也不明所以。

在20世纪30年代，一个女孩子18岁仍未出嫁，已算大龄。或许是外曾祖父着急了，或许是什么其他原因，总之在姥姥19岁的时候，草草决定了一门婚事，匆匆办了一场隆重的婚礼，婚礼的费用自然也都是外曾祖父出的。多年的努力培养，并未让姥姥成功嫁入豪门，而是嫁给了一个很普通的手艺人，大概是制作竹框之类的，我只记得姥姥说姥爷很会做竹笛，而且无师自通，吹的曲调非常优美。

这样一门婚事，是不合姥姥心意的。

许多年以后，她回忆起婚后的生活，大抵都是各种不如意。诸如居住的房子狭小，收入有限，婆家子女众多，周遭的人也都是毫无情调可言的。其实对于成长环境优越的姥姥来说，她这样的不满实在可以理解。

至于姥爷，在姥姥眼里既不富有，又少言寡语，也不够帅气，实在与姥姥少女时代想象的未来夫君的样子相去甚远。

有那么一次，姥姥对年少的我说："倘若是在现在这个时代，我定然会跟你姥爷离婚。"这么看来，姥姥的婚姻终究是不太美满的，然而依旧是认真过了一辈子。

婚后初期的生活应该还是可以的，外曾祖父给了姥姥不少嫁妆，几个哥哥也不时在经济上接济，所以有一段时光姥姥过得还是无忧无虑吧。她得体的言行和良好的教养，也让她跟婆家的小叔、小姑相处十分融洽。

然而随着我外曾祖父的突然去世，几个哥哥也因为战事等原因，生意萧条，她失去了主要的经济来源，日子逐渐窘迫起来。年轻的姥姥没有像那个时代的女人，待在家里自怨自艾，生活的突然改变，没有击垮她，没有让她浑然不知所措。她是一个勇敢的女子，会在该美丽的时候如花般满开，也会在风霜来临的时候，无惧寒冷，想办法自我防护，她就是那样的女子。

于是这个叫田知的女孩子自己出门经商了。这在那个时代实属罕见，或者在周围人看来完全是不可理喻的叛逆，但她还是义无反顾地按照自己的想法去做了。或者这就是她的个性，终其一生，她都在尽力按照她内心的想法选择生活，她突破了那个时代对女性的禁锢，在逆境里也总是寻找光芒，哪怕只是一只小萤火虫的微不足道的光，她也会毫不犹豫地奔过去。

"最长的一次，我坐了八天八夜的火车，上车下车，有人群拥挤的大站，也有人迹罕见的小车站。在合适的地方，买精美的布料和化妆品，到了家里，我就无师自通地拿这些布料缝制衣服、裙子，再拿到市场去卖。没想到有那么多人喜欢我做的衣服，卖掉衣服，赚了一些钱，认识了形形色色的人，看到了各种各样的风景。"每次姥姥讲到这些，眼里都会有一种光晕，里面是万千华彩的世界，各种光次第闪耀，经久不息。

倘若在现代，姥姥一定是一个完美的服装设计师，一个有品位的女商人，一个旅游达人……

她的高情商让她在跟人打交道的过程中游刃有余。可这一切却因为婆家和姥爷的极力反对，再加上她生了两个孩子，或者还有其他什么原因，姥姥的经商之路戛然而止。

　　春天的杏花依旧盛开，燕子也一次次飞去又飞来，然而少女时代那个让人瞩目的叫田知的女孩子如今已经成为三个孩子的母亲。每天除了洗衣服、做饭、带孩子，还要与夫君一起经营小生意维持生活，少女时代那些华美的衣服一如只有少女才会做的关于未来的梦，一起深埋在过往的岁月中，虽然真实存在过，触手可碰，却又什么都没有，仿佛一切都是虚无。

　　每当夜深人静，姥姥依旧还会翻翻书、写写字，给子女讲故事，她坦然面对清贫的生活，虽然那不是她想要的生活。

　　她本应该坐在熏香的房间，被温暖和精致的食物与生活所包围，穿着华丽的、有层层叠叠花边的裙子，定制的高跟鞋，十指不沾阳春水。然而，没有如果，现实就是她曾经很富有地长大，如今她不得不接受不富有且没有诗情画意的生活，就连她想成为女商人的梦想也正在逐渐模糊远去。

　　姥姥无论怎样繁忙，都会把自己和家人打扮得干净整洁、得体，就算粗糙的食物，她也会尝试着尽量做得美观。姥姥做馅饼，不会像我母亲那样，大的大，小的小，薄的薄，厚的厚，全无美感，姥姥会把每一个馅饼都做得大小一样，而且绝对不会做得很大，一定会小巧可爱，因为姥姥说："太大的馅饼，是不可以端上桌子的，吃起来不雅观。"每当姥姥这么说的时候，我母亲总不以为然，觉得无所谓，觉得姥姥太过娇情，而姥爷这种不太讲究的生活才是真实的。年少的我，不懂姥姥与母亲之间为何有种种生活方式的不同，而成年后的我才懂，小时候的生活熏陶与成长环境终究是会影响一个人一生的。

院内的苹果树又一次结满了青色的小苹果，而那位叫田知的女子已经30多岁了，时光真是一个眼神就悄然滑过。岁月让她不再稚嫩，也没有给她更多改变，也没有给她承诺，但从那时的照片看，她依旧美丽，虽然衣着朴素，却遮挡不住她熠熠生辉的气质。

大约在那个时间段，或许更早之前，姥姥的生活中出现了其他男子，因为我看到了姥姥珍藏的一张那个男子的照片，一个西装革履，很有风度的年轻男子，他们之间的故事我的姨妈也好、我的舅舅也好，无人肯提，只是责怪姥姥太过风情。姥姥更是讳莫如深，年少的我对此并不关心，甚至觉得那只是遥远的一个无聊的故事而已。

如今想来，年轻美丽、有教养的一如姥姥那样的女子，有男子喜欢实在是太正常不过了。但终其一生她的伴侣还是我的姥爷，以至于

《蝴蝶》

我姥爷中风去世多年，她念叨起来的人也还是那个我全无印象的称作姥爷的男子。

谁说美人儿无情，只是她不轻易流露真实感情而已！

当时光滑向 40 岁的时候，姥姥依旧是一个耀眼的美人儿，她身边似乎一直不乏追求者，传言总是各种各样，但具体情况我无法了解。在她即将生下第四个孩子的时候，姥姥变卖了一部分陪嫁来的古董和首饰，购买了独立的院落。没有去跟婆家的小叔们争财产，用自己的方式平息了家庭矛盾。

开始独立生活的姥姥自己做刺绣制品和衣服，再拿到市场去卖，因为姥姥的刺绣制品和衣服总是很独特、美丽又雅致，卖得自然非常好，并得到了稳定持续的收入。用姥姥的话讲，她没有她父亲那样的能力，能给孩子们更好的生活，但她会尽她最大的努力让她的孩子们不要过得太苦。可世间的事情总是事与愿违，我母亲那一代人终究还是有很多不满和指责，这完全是站在不同的角度思量问题，因为姨妈和我母亲更希望姥姥待在家里陪她们，而不是跑出去赚钱。甚至她们觉得过于闪耀的姥姥让姥爷有些自卑，让姥爷缺少安全感。

但不管怎么样，像姥姥那样的女子，是不会因为谁而轻易改变自己的。她有自己的判断力和视野，她并无野心，只是尽力忠于内心去做自己想做的事情，她出去赚钱，更多的是为了年轻时候自己给自己的承诺，做一位女商人，仅此而已。

晚年的姥姥，依旧喜欢裁剪衣服，她在市场上买来布料，为我缝制过一条奶油色的拖地长纱裙，上面缀满珍珠。裙子很美，我却没机会穿这样的裙子参加宴会，可很多次在梦里，我穿着那条裙子在舞台上翩翩起舞，星星闪着迷人的光芒围绕着我，我就不停地拉着裙摆转啊转……

我将自己的零花钱20元交给姥姥，她愣愣地看着我，那意思是："你为何给我钱？"

"商人做生意就是要收钱，何况您还是一位自带设计的女商人。"姥姥听我这么一说，莞尔一笑，将钱收下。

秋末的霜打落了院内所有的花花草草，只剩下一串串红姑娘傲然地挂在那里，姥姥这时候就会连着茎一起剪下来插进青花瓷瓶，那是外曾祖父给她的嫁妆之一，她一直保留着。橙红色的红姑娘从长长的瓶口滑落到梨花木的桌子上，映着窗外的光，已经60多岁的姥姥，身材依旧纤细，肌肤洁白，虽然有少许白发，但岁月还是温柔对待着这样一个美人儿。这是我有记忆以来，姥姥在我心里留下的第一印象，并在此后的岁月里不曾改变。

一个真正的美人儿，五官的精致固然需要，然而倘若没有独特的个性，那美就缺少了一种让人心动不已的风流；倘若不读书，就会少了一种文雅的气质；若没有视野，便会显得浅薄；若不够聪明，又会显得笨拙；不擅长与人交际，那又让人感受不到你的真实；即便如此，一个真正的美人儿，最应该具有的就是"清透"，看得透，却不世俗，亦不世故。

我的姥姥在富有的时候，认真生活。

在清贫的时候，依旧认真生活。

面对逆境的时候，她不退缩，还是认真生活。

她能看透世间的人情冷暖，却从不抱怨任何不公。她坚持自我，不惧他人评论。虽然她没有成为什么了不起的名人，可她终究是认真活过的一个难得的美人儿，一个少见的"清透"的女子，一个我心中的 90 分"满格"美人儿。

2020 年 12 月

二十一、第 19 棵胡萝卜

"选好一只刚发出叶子的胡萝卜，每天给它浇水、读书、唱歌、除草、施肥，然后在它的樱子上系一根红绳。等到胡萝卜成熟的时候，它就会长成一个小娃娃的样子，会说话，会走路，还会陪你玩。"这是姥姥跟我说的。

那时，我还是一个小学生，对姥姥讲的胡萝卜的故事深信不疑。

我在那块长方形的胡萝卜地里，按照自己预先的想法，从东边第一棵数起，数到第 19 棵就是我选的胡萝卜。

至于为什么选 19 这个数字，仅仅是因为我喜欢班上的一个男生，他是 19 号，我很喜欢他，但我不敢说出来。我甚至都不敢跟他多说一句话，只有在他对老师的问题对答如流的时候，他在操场上一圈一圈奔跑的时候，我才会若无其事地瞥上一眼。

19 这个数字，成了小小年纪的我的执念。

第 19 棵胡萝卜是第二排的第 5 棵，于是我拿着姥姥给我的红绳子认真地系在它贴近地面的叶子上。嗯，这就是我的 19 号胡萝卜！

于是这棵胡萝卜成了我每日生活的不可或缺。早上我会看看它是否安然地吮吸清晨的露珠，是否有虫子吃了它的叶子，是否有小鸟啄它的叶子，再看看红绳子是否安在，确认一切妥当，我才会赶紧跑去上学。

在学校，有时候远远地看到 19 号男生，觉得他很帅，成绩很棒，还会弹古琴，欣赏不已，但一定要故作无所谓。可想到我的那棵 19 号胡萝卜将来可能会长成他的样子，我就万分期待胡萝卜成熟的日子。

　　整个暑假，除了适时浇、除草，我还坐在这棵胡萝卜边上给它读了很多书。

　　现在想起来，好像读过《中国古代神话故事》《安徒生童话选》《格林童话选》《一千零一夜》等很多儿童故事书。其中最要命的是偷了我爷爷的《聊斋志异》读给胡萝卜听，因为长辈们不让我看这本书，说小孩子不可以看，越是不让看，我越是想看看这书写的到底是什么。趁着大人不在室内，我爬到最高的柜子上，偷偷拿下这本书，那是一本老式书籍，封面陈旧，书页泛黄，连字都是繁体的，可我还是坐在胡萝卜边上查着字典开始读了。

　　《聊斋志异》的大部分故事当时我都没读懂，但里面关于狐妖鬼怪的故事大致还是感受了一番。尤其是那个吃人心的《画皮》的故事，晚上一关灯，我眼前就是眼睛里都是崩裂的血管，张着血盆大口，牙齿尖锐得好比鲨鱼的牙的一张人皮脸，这么一来，我不得不拉着姥姥的手才睡得着。

　　我开始不断联想自己睡着以后，那本老旧的《聊斋志异》书里，会不会爬出几个妖怪来，把我吃掉。这么一来，我就开始睡不好了，又不敢跟长辈说我偷看了《聊斋志异》。思来想去，终于想到一个办法：那就是把这本书埋起来。这样看不到这本书我也就不害怕了，妖怪也不会从土里爬出来。于是趁着家里人午休的时间，我把这本书埋在了一棵杏树下。

本来我很担心爷爷会因找不到《聊斋志异》而焦急，找我质问，可很多天过去了，爷爷也没问起。我也渐渐忘了书中的妖魔鬼怪，每天要么跟小朋友跑出去玩，要么就是去胡萝卜地给第19棵胡萝卜浇水、读书、唱歌，甚至想着这棵胡萝卜会不会长成19号男生的样子，有两条长而有力的腿，奔跑起来非常有律动感，会不会长出一双如同19号男生的圆眼睛，一看就满是睿智。

等这个胡萝卜挖出来，我要跟它聊点什么呢？我常常胡乱联想，蓝精灵为何不想办法捉住格格巫，不让他再有机会进入森林？汤姆猫最后会不会跟杰瑞成为好朋友？冬天下雪的时候，蛇都藏在哪里了？恐龙还会不会复活？如果世界只有一个季节，那选择哪个季节比较好？

话题实在是多得不得了。

不知不觉间，暑假结束，10月也来临了。在学校遇到19号男生，

《收获》

我依旧不敢跟他说话，每次看他踢足球，也都是悄悄瞅一眼。而我对我的第 19 棵胡萝卜却可以畅所欲言。

有一天早上，姥姥跟我说："明天你放学，我们就收胡萝卜。"当时我兴奋得又蹦又跳，一天都没上好课，就想着第二天挖出来的胡萝卜到底长什么样。

结果晚上放学到家，爸爸跟我说："你爷爷的《聊斋志异》不见了，是不是你拿了？"虽然爸爸从不打我，可我做贼心虚，支支吾吾，不敢应答。爸爸一看，就懂了。"你拿出来，还给你爷爷就是了，那本老书，可是你爷爷的爷爷传下来的，也算是家传宝贝了。"

我赶紧拿了一把铲子，跑到杏树下挖那本书，书埋得不深，几下就挖出来了。可眼前的一幕，把我惊呆了，书上爬满了蚂蚁，还有各种虫洞，书页残缺了好多，因为浸了水，书页都脆了，字迹也模糊不清。

最后，还是爸爸把书一点点清理出来，又是消毒，又晾晒，但坏了的部分无论怎样都不可能再回到从前的样子了。唯一让我惊奇的是我讲了我埋书的原因，爷爷也好，爸爸也好，妈妈也好，竟然都没有责怪我。

第二天放学，我连书包都没放好，就跑到胡萝卜地找我的第 19 棵胡萝卜。按照姥姥教我的方法，我按住红绳子避免胡萝卜有灵气跑了，一手用铲子挖，然而，无论我怎么挖，除了那绿色的叶子之外，下面什么都没有，只有几根柔软的根须。

我很失望地问姥姥为什么没有会走路会说话的胡萝卜。姥姥当时给我的解释是：埋在土里的《聊斋志异》把这只有灵性的胡萝卜吓跑了，让我明年再种一棵胡萝卜试试看。

姥姥的解释让我无言以对。

然而第二年，姥姥没再种胡萝卜。

第三年，还是没种胡萝卜。

第四年，还是没种胡萝卜。

第五年，还是没种胡萝卜。

……

此后，我再也没有种过胡萝卜。

许多年过去了，每次我看到胡萝卜，都会想起那棵我曾给它读过书的胡萝卜，还有我偷偷埋到土里的那本《聊斋志异》。

然而19号男生，在我心里早已模糊，我已想不起他的名字，甚至连他的样子都不记得了。

2020年12月7日

二十二、一条冻僵的鱼

那年冬天，父母都特别忙，就把我送到姥姥家，让姥姥带着我，那时我只有五六岁的样子。

姨妈家大我 10 多岁的表姐终日陪我玩，给我做好吃的，开始我还有新鲜感，玩得不亦乐乎。

可一个月过去了，我就有点待不住了，姥姥讲的故事也听腻了，窗前的雪人也融化了，跟邻居的小孩也吵架了。然后我就发烧病倒了，这么一生病就哭着要回家找妈妈。任凭姥姥想尽一切办法哄我，给我做糖葫芦、讲各种故事、读画报，都没用。眼看着我的嘴角都起了泡，没办法，姥姥只好送我回家。

姥姥家距离我家并不远，于是姥姥和表姐就换着背我走，一路东看看西看看。北方的冬天，没有雪的日子有些萧索，街边除了卖食品的摊位冒着热气，也没什么特别好玩的。姥姥给我捂得严严实实，还得不停给我讲各种故事，吸引我的注意力，免得我睡着着凉。

经过一个人工鱼塘，鱼塘上结了厚厚的冰，在阳光的照耀下像一面镜子，周围的杨树也好、柳树也好，只有枝条伸向蔚蓝的天空，叶子已留给上个秋天作为纪念品。几个穿得非常厚重的人站在冰上面用工具破冰，一个人用网从冰洞向外网鱼。天气实在太冷了，呼出的气体都是一团团白雾，冰上面摆放着几只铁桶，还有一只正在燃烧的炉子。

一看到这场面，我就挣脱着从表姐的后背下来，一定要跑过去看看。姥姥拗不过我，只好紧紧拉着我顺着坡慢慢走到冰面上。小的时候不懂什么叫害怕，冰面有很多裂纹，时不时还会听到冰裂开的声音，而且上面滑得厉害，我还是一步一步地往他们凿出来的冰洞走。

　　我真的很想知道鱼是怎么从冰里出来的。

　　快要走近的时候，两个人冲着姥姥喊："冰面滑，小孩子要注意安全，最好别靠近冰洞。"

　　姥姥拉住我，劝我不要再近前看了。

　　"我就想看看鱼是怎么从冰里出来的，不让我看，我就不走了。"我一倔起来，姥姥也没办法。只得跟人家说："我们慢点，就让孩子看看。"

　　姥姥和表姐一人拉我一只手，那两米都不到的距离，硬是走出了半个世纪的感觉。

　　我第一次有机会看到凿开的冰洞下面原来很深很深，冰下面并不是冰，而是水，鱼就在厚厚的冰层下面的水里游来游去。对于童年的我来说，这简直就像是发现了新大陆，兴奋不已，直至今天我都记忆深刻。

　　后来，我又看旁边的铁桶，里面都是积了薄冰的水，其中一只铁桶里有几条正在游动的鱼。其中一个捕鱼人，用戴着防水手套的手伸进去捉了一条不大不小的鱼出来，又从随身的包里拿出一块很厚的牛皮纸，将鱼包在里面递到我手里："拿回家玩！"

我就紧紧地抱着这鱼重新趴到姥姥的背上，回家了。

一开始，那条鱼还在纸包里动来动去，但很快就被冻硬了，在纸包里成了硬邦邦一块。"姥姥，鱼不动了，是不是死掉了？"我冲着姥姥喊。

"只是冻僵了而已，到家放在水里就活过来了。"

进了家门，我也忘记跟妈妈说我想家了，而是让妈妈赶紧找放鱼的东西。刚好，家里有一个小的玻璃鱼缸，妈妈倒了水进去，我打开纸包，把冻僵的鱼放进鱼缸里，目不转睛地看着那条鱼。一开始鱼还是不动，但过了一会儿，它开始慢慢抖动，再过会儿，就游动起来，鲜活如初。

原来冻僵的鱼真的可以活过来！

那一次的童年际遇，我记得十分真切，连细节都仿佛录制了视频一般留在我的记忆里，想想真是奇怪呢！

2020 年 12 月 9 日

二十三、一世只有一次的偶遇

我妈妈长得一点都不漂亮，从我记事起，从没听人说过她好看，哪怕是被恭维。

她甚至很难买到合适的衣服，胸围合适的衣服，往往袖子和身长都大出好大一截，于是妈妈就自嘲地说："长得其貌不扬，穿什么都没用，有两件衣服穿就行了。"如此这般，为自己的节俭找到了最好的借口。

小学那会儿，有一次班级开家长会，班上有个漂亮的女同学，她妈妈也很漂亮。以至于同学们议论纷纷，都盯着那位女同学的妈妈看，十分羡慕那位家境富有又有位漂亮妈妈的女同学。

那时候我大概 11 岁，不太爱说话，还有点体弱，常常一个人坐在角落里看书。但那时我内心的想法直至今天还记忆深刻：我的妈妈永远都是这世界上看着最顺眼的妈妈，过去、现在、未来永远都是。

我小时候，每到冬天就会感冒几次，稍微好一些，妈妈就送我去上学，可我总说屁股打针痛，于是她就背着我送我去学校。路上看到熟悉的邻居，他们会笑着说："还指望将来能得计（北方话，就是子女好好回报父母的意思）怎么着？"妈妈那时候就是笑也不回答，低着头一路把我背到学校门口，看着我走进教室再回家。我还记得有一次因为下大雪，妈妈怕我路上摔倒，也是坚持背着我去学校，她佝偻着背背着我，还要被邻居指责："宠溺孩子，将来长大就是逆子。"现在想想，爸爸年过 30，妈妈将近 30，才生下我，宠爱肯定是有的。

以至于多年以后，我总是想起童年时候的冬天，不记得那时候的冷，只记得妈妈在雪天背我上学的场景。路的两侧堆满厚厚的积雪，树枝上满是雪挂。所有物体都是一个个被积雪覆盖的形状，天空蓝得如同涂了水彩，阳光映在雪地上，早晨的地面被染成淡淡的温暖的粉色，人的影子长长地拖在身后……

我还是孩子的时候，家里不太富裕。妈妈为了能给我穿得保暖又好看，就用毛线给我手工织毛衣、手套、帽子，编织出小鹿、花朵、小鱼等各种图案。那时候很多阿姨跟我妈妈学习编织，一起研究怎样才能够编织出图案精美又舒适的衣服来，那样的衣服伴随我整个童年。以至于妈妈去世后，爸爸跟我整理妈妈的遗物时，看着妈妈年轻时用剩的毛线团还完完整整地放在一个塑料袋里，爸爸拿着毛线团边哭泣边说："你妈年轻的时候手真的很巧，织了好多衣服给我穿。"看着几天内就衰老了好几岁的爸爸，我真想重新回到母亲还在的那些日子，可时光不会再回头了，纵然我们眼泪流干，已然离去的母亲也不会再回来，她只能在梦中时不时与我们相见。

妈妈很长一段时间是做小学老师，后来因为种种原因离开了教师岗位。可她依然喜欢读书，家里有一些藏书，像古典四大名著、欧美的经典文学书籍等。妈妈还订阅了很多期刊，里面就有《读者》《知音》《奥秘》等老牌刊物。于是我从刚刚认识几个字起，就开始翻看这些书。某个夏天，我偷看《山海经》，看完里面稀奇古怪的故事之后开始害怕，晚上睡觉担心无肠族人从书里爬出来。所以这本书放在哪里我都担惊受怕，觉得到了夜晚从这本书里就会爬出来各种吓人的奇奇怪怪的人，最后只能把《山海经》偷偷带出房间，藏在家里小院子一棵花仙子下。到了秋天，妈妈突然找这本书，问是不是我拿了，我只好跑到外面去找，不想书早已经被风吹雨淋得不成样子，里面还有几个蠕动的白虫子，吓得我大叫。

可因为妈妈从小喜欢读书，让我也养成了喜欢读书的习惯，直至今天，我仍然喜欢读书，读书会让人忧伤，也会让人学会独处，不害怕孤独。现代生活，能够克服孤独和空虚感，是生存的第一基础。我感谢我的妈妈，是她让我爱上读书，学会淡泊、宽容地看待生活。

妈妈很孝敬长辈，这不是套辞，她每次做了好吃的东西，都记得给住在附近的爷爷送去。有一次，妈妈做了馅饼，将馅饼放在饭盒里，让我给爷爷送去，小时候，我对爷爷似乎没有太多感情，因为他很少带我玩，也没有跟我有很多交流。作为小孩子，觉得馅饼应该留下来自己吃，今天吃不完，可以明天继续吃，为什么要送给爷爷吃呢？于是我就不去，还说了一些不应该说的话。结果，妈妈就打我了，而且打得很凶，一边打一边说："小孩子，要懂得孝敬长辈，不能太自私。"其实，那时候的我，并不能够理解自私的概念。只是许多年以后，想到妈妈当时伺候生病的爷爷，给他喂饭、洗衣服，伺候年迈的姥姥，还要忙于生活，真的很不容易。可也正因为妈妈对长辈的态度和行为，让我懂得关心父母，关心我身边的那些照顾我的长辈们。

孝敬父母是中国人的优良传统，其实也是一个人的素质和品质，正是母亲的行为让我懂得如何尊重那些我应该也必须去尊重的人。

妈妈的性格比较内向，不太爱说话，有时候她很生气，也不愿意表达。可妈妈又很好胜，她喜欢做什么都能做到最好，并且喜欢跟周围的人比较。可比较的话结果就有好坏、高下，这么一来便徒增了很多烦恼。房子没有别人的好，丈夫没有别人的收入高，孩子没有别人的有出息，自己做什么又都觉得没有成功的出路。结果，妈妈的脾气没有随着岁月越来越温和，反而越来越暴躁。她动不动就冲着爸爸发火，摔东西，而且无论你怎样相劝，她都无动于衷。她对待从小都特别心疼的那几个外甥、外甥女也不热情了，逐渐对外界表现得有些漠不关心，甚至冷漠，这种坏脾气也一点点压垮了她的身体，她开始频

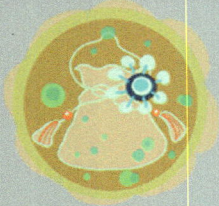

《静物》

繁地生病住院，记忆力也一点点丧失……

　　以至于现在，我回想起妈妈年轻时候的那些想法，总觉得攀比、嫉妒这些或许是人生的一部分，可人生还应该有其他更多东西存在。

　　在母亲最后的日子，我们都尽力去救治，可没能在最后几天里陪着她走完人生之路，成为我终生的遗憾。母亲，你走了，虽然这一世母女尘缘已尽，但我希望你在另一个世界，能够开心、快乐，不要总那么忧伤。来生你要活泼一点，要乐观，要苗条，要漂亮，我会为你祈祷……

　　纵然来生母亲与我相见已不再相识，只要擦肩而过，一瞬间的回眸，我也会相信那就是我们前世的缘分。

2018 年 12 月

二十四、曾经相识

我的童年没弹过钢琴，不知道巴赫是谁，更没听过雅纳切克，也没上过英语辅导班，没练过跆拳道，没学过舞蹈，没周游过列国……妥妥地输在起跑线上。

虽然输了，可我并不觉得有什么所谓的惨，当然的确会感到遗憾，自己不能随心所欲地弹一首钢琴曲或者跳一支舞，一展童年成长期赋予的独特魅力，瞬间迷住一大群人！可这就是人生，什么色彩都有：有暖色调，也有冷色调；有快乐的色彩，也有忧郁的色彩。如此才组成人生独一无二的纯真年代画面，充满幻想的童话世界。

在属于我的童年里，有至今还会惦念的同桌，还有无论何时想起来都无比怀念的游戏。那时候每一天都期待星星变成萤火虫飞到自己身边；桃树永远结满红色的果子；自己也有七十二变，做错事的时候能变成小虫子隐藏在父母和老师看不到的叶子下；白天可以一直到永远，暗夜从不到来，就像《航海王》里的梦想永不结束一样……

有人说，有一千个同桌，就会有一千个故事。虽有雷同，但就像古老的神话，穿越幽暗奇幻的时空来到你的眼前，总有新的解读。我也有一个同桌的故事，那是在小学时代。

他的脸非常圆，直到今天都极少遇到脸像他那样圆的男孩子。皮肤白皙，让女孩子们非常羡慕，而且怎么晒也晒不黑。话不太多，可成绩绝佳，是那种你看不到他学习，可一考试就满分的老师喜欢、同学羡慕的学生。因为我跟他同桌，所以时常玩在一起，也因为他，我成了被人羡慕的对象。

我们在一起玩久了，还相互起了绰号：他叫红鼻头，我叫绿鼻头。绰号来自冬天我们堆雪人的时候，他给雪人插了胡萝卜的鼻子，我给雪人插了涂了绿色煤球的鼻子。一年四季，冬天玩雪、滑冰，春天偷摘青杏子，夏天捉蝴蝶，秋天捞小鱼，我们总是形影不离。虽然玩的时候、疯的时候不分你我，但争执也是经常的，一争执起来我就开始在桌子上划线，如果他的书或者铅笔盒过线了，我就会立即扔到地上，他就不出声地捡起来，也不说什么。

但是有一次，他不小心把我的墨水瓶弄到水泥地上摔破了。我就开始哭个不停，他赶紧拿起桌子上他那瓶墨水递给我，可我还是哭，觉得还是委屈。不想他跑到学校对面的文具店给我买了一瓶新的，然后怯怯地问我：“我的那瓶给你，这瓶新买的也给你，你别哭了。”

于是我们重归于好。就像很多电影讲述的故事那样，春去秋来，在四年级的时候，他父亲换到外地工作，他就转学了。

五年后，我们在同一所重点高中再次相遇，童年那种毫无隔阂的感情随着我们长大已有了距离。我们没有分在一个班，偶尔遇到只是象征性地打个招呼。但不知道为什么我总会时不时关注一下他的情况，譬如每次期末考试，看到他还是排在全校前十名，就会暗暗替他高兴。直到考完大学，我还去跟其他同学了解他读了哪所学校。后来我知道他也跟他身边的同学提起我，将我描述为一个很可爱，学习成绩很好，跟他玩得很开心的女孩子。不知道他是否也关注我去哪里读了大学，过着什么样的生活，我想应该有。

高中毕业以后，我们再也没有见过彼此，但我在心里依然祝愿他每一天都充满美好。他于我而言、我于他而言，我们之间存在的那种情感跟所谓的初恋毫无关联，之所以记忆深刻，是因为这种情感是我们童年成长过程中的一部分，是人生这出舞台剧帷幕拉开的起始阶段。

每当春暖花开，坐在到处都是花香的幽静场所，看到落花在次第闪耀着阳光的溪水中飘走，往事瞬息袭来，童年就像在昨天才刚刚结束。而遇到过的一些人却渐次遥远，无数个快乐与烦恼已随落花远去。

唯有童年，任何时候回忆起，都充满美好的童话般的梦幻。

2019 年 5 月

二十五、秋千上的蝴蝶

我小时候记忆最深刻的游戏，不是王者荣耀，因为那时候还没有手机。当然也不是那种电影里出现过无数次的旋转木马，而是跳九宫格。

跳九宫格是一种简单至极的小游戏，一个可以让很多小朋友一起玩的跳格子游戏。这个游戏就是在地上用粉笔画九个类似填数字的格子，再加一个道具，我们叫布口袋。

布口袋一般都是自己妈妈、奶奶做的，用各种碎花布拼接成一个类似魔方大小的立方体，里面装满黄豆或者米粒，再封口。然后就站在最边上的一个格子，单腿跳，用落地的那只脚一个格子一个格子地踢着布口袋向前走。既不可以中途双腿着地，也不可以将布口袋踢到非预订路线的格子，成功回到原始出发点，就是胜利。

那时候男生、女生一起玩，还要比谁的妈妈做的布口袋最漂亮，我们课间休息玩，放学后玩，不到黄昏不回家。不知道饿，也不知道疲倦，仅仅是玩这样一个现在看起来并不是很有意思的小游戏。

从春天跳到冬天，就那样不知不觉长高了。感觉书桌和椅子逐渐变小，远处的山峦在晨雾中若隐若现，再在夕阳沉下去的过程中渐次隐藏在暗夜里。星星一次又一次挂满天空，牵牛花不知何时爬上窗角，没有对时光的感伤，只有期待，成长来得不知不觉。

《一只蜗牛》

现在每次听到与童年相关的歌曲，莫名地就开始泪光点点。就算歌词轻松愉悦、曲调舒缓欢快，也会觉得所有与童年相关的歌都有点淡淡的忧伤。就好比从前无所谓的心情正在变成无限的思念，一点点涌上来，一如夏日清晨的露珠滑落荷叶，滴入湖中，看似什么都没发生，只是早晨已经散去，太阳升起而已。

　　童年时，在课堂上偷瞄窗外开满花的桃树，还有树上色彩斑斓的小鸟，幻想着自己快快长大，穿上美丽的公主裙，还有水晶鞋，吃粉色的小蛋糕，化作小仙女，编织天边的七色彩虹。

　　可长大以后才明白，无忧无虑充满幻想的童年，那些以为山里住着神仙、星星只是夜空道具的日子，早已成了不会重现的幻境他年。

　　秋千依旧挂在树上来回摆动，蝴蝶依旧在花间飞舞，而童年早已如思筑梦。

2019 年 5 月

二十六、相思也会过期

　　我有一个好朋友，他在高中时代就不可救药地迷恋上了一个女生，迷恋的程度可以这么形容：那个女生体内似乎有一种让他无法抗拒的引力，这引力让他无法摆脱她。

　　可惜，落花有意，流水无情，具体情节无从了解，我推测大概这位美女既没有明确接受他传递的情谊，也没有断然拒绝他追随她绕行的运动轨迹。于是，女生考哪里的大学，选哪一个专业，这位朋友想也不想，直接报考那所大学，选那个专业。

　　四年之后，那位传说中的美女跟男朋友去沿海城市的一家著名公司工作。到了这里，有点奇怪了，美女有男友，但不是我那个朋友。可这位老兄呢，又是一路追到美女所在的城市找了份工作，全然不顾父母亲的惦念和想法。

　　又三年，美女结婚了，嫁给了公司一位中层领导。

　　到此，我这位朋友才黯然神伤地离开了那座城市，选择重回高校再读研。他可怜的父母又是各种安慰，又是给各种经济资助，生怕他想不开，失去生活动力等等。万幸，他还没到那种程度。但扔下了一串诺言：今生不再找女朋友，也不会结婚了。当然现代社会，单身不算什么，结婚已非必需品。至于掷下如此诺言的原因他说是他觉得这一生再也不会遇到比那位女生还好的女孩子了。

电视剧《大明宫词》里太平公主一见薛绍误终身。故事讲的是少女时期的太平公主出宫偶遇英俊的薛绍，就决定嫁给这位已婚男子。于是为了太平公主顺利出嫁，薛绍的妻子被赐死。几年之后，薛绍坦然承认他已经喜欢上率真可爱的太平公主，可心理上又跨不过自己对前妻的愧疚，最后就自杀了。

至于我那位朋友，他也有点一见某人误终身的意味。

但后来的某一天，他在校园里遇到了一位篆刻协会的女生，大概当时协会正在招人吧，具体说不清楚。按照他的描述，那天那位女生，就像村上春树《挪威的森林》中的绿子一样，如初生的小鹿，带着鲜活的气息跳到他的面前，说了一句他一直都忘不掉的话："当你把你喜欢的人名字刻在印章上时，你就会感觉你把她刻在了心里；如果你讨厌一个人，你也可以把她的名字刻下来，于是她的名字就被你遗忘在印章上了。"

于是，什么协会都不愿意加入的他加入了篆刻协会。

后来的故事是他跟那个姑娘结婚了。

有一次，朋友跟他玩笑地提起他以前的那段时光，他嘴角轻轻地撇了一下："去帮我找个脑神经科的医生，我想格式化一段记忆。"

大家相视一笑，一生只爱一人不真实，喜欢不会永久，相思也有期限。

　　写到这里，我想到一部电影《时光尽头的恋人》，女主角阿戴琳因为一场意外，突然就获得了长生不老的奇幻功能。任时光流转，她的容颜永远停留在青春貌美的 29 岁，简直是让无数女性羡慕。然而青春永驻的阿戴琳似乎没有想象中过得那么快活又无边，反倒是只看到在亲人的衰老、离去后，独留自己在人间的种种痛苦。

　　因为青春貌美又博学多才，女主角阿戴琳自然很受男性的欢迎，于是在漫长的人生里，她每隔一段时间就换一个男友，最后竟然交往到前男友的儿子。而且为了不被世人发现她的秘密，她不得不时常换身份，甚至远离相识的人，像极了当年汤姆·克鲁斯与布拉德·皮特演的那部经典电影《夜访吸血鬼》中的吸血鬼。五月天那首《夜访吸血鬼》里有一句歌词，大概很好地概况了这种痛：青春遗忘我们，却又要给回忆的美，就像玫瑰，要余生流血又流泪的受虐。

　　天马行空地写到这儿，连我也不知道这故事跟题目是什么关系。只是我觉得，生活是以遗忘为主的，因为遗忘我们才会向前走，回忆只是让我们在向前的路上为遗忘找一个合适的理由，仅此而已。

　　生活中，我们希望得到很多东西，这些东西有的可以看到，拿在手里。而有的像空中的飞鸟，你看着它们在眼前湛蓝的天空划过一道优美的曲线，夹带着悦耳的歌声。然后这片刻便成为记忆，从指尖滑落，无声无息，消散不见。

我们总是觉得周围与我们不相关的事物的存在与我们无关，总是他人在忽视我们。

其实，我们也不会一直记住别人，季节轮转，我们会为在秋末凋零的花和树木而悲伤，却转瞬在看到美丽的冬雪时，展望春季的花开。

王家卫导演的电影《重庆森林》里有一句台词：不知道从什么时候开始，在什么东西上面都有个日期，秋刀鱼会过期，肉罐头会过期，连保鲜纸都会过期，我开始怀疑，在这个世界上，还有什么东西是不会过期的？

别人会遗忘我们，我们也在遗忘他人。

世界在遗忘中向前，我们最应该好好珍惜的就是当下所拥有的一切，你遇到的每一个人，你喜欢的每一件事，你周遭所有看上去美好的景致。

2019 年 7 月

二十七、在成都博物馆穿越时光遇到你

很多朋友跟我说："成都就是在慢节奏的生活里，好好品味各种美味小吃。"于是这个暑假，我决定到成都玩一回。

到达成都之后，我第一顿吃的鱼火锅，它的美味回忆一直延续到现在，似乎那时候麻麻的味道和舒缓的感觉久久地留在了记忆里。

不过于我而言，只有去过成都博物馆，才算遇到了百分百的成都。

美食、漫步、美景如果是成都的美丽外衣，那博物馆就是她的内涵，优雅又含蓄，我愿意倾听也愿意慢慢讲述她的故事。

我这次去成都，去了两个博物馆，一个是成都博物馆，一个是金沙博物馆，两个博物馆各具特色。比较遗憾的是时间不足，没能去三星堆博物馆。

在成都博物馆内，不论有多少游客，只要一走近三千多年前的器物，人们就会放慢脚步安静地欣赏那些古朴的器物。那些造型简单，表面有着明显人工雕琢痕迹的陶器，让人情不自禁地想象三千多年前人们的生活日常。一罐水，一罐谷物，日出而作，日落而息，蓝天白云下是简单的重复的劳作。或许还有夜晚篝火旁的舞蹈，那舞蹈像极了马蒂斯绘画里舞者的动作，充满欢快的节奏。猎物在噼啪作响的火堆上散发出诱人的香味，盛满水的陶罐散落在周围。猛兽或者蛇类可能就在不远的地方注视着这一切，但恐惧阻止不了人们的快乐和满足感，时光缓慢地在日夜交替间向前。

在成都出土的战国时期的华丽漆器器皿前，我不得不感叹这些器物的华美超越了自己的想象力。华丽的色彩，高贵的造型，抽象的图案都充满了贵气和神秘感。

这时候我脑中浮现出这样一幅画面：大约三千年前，一座雕梁画栋的建筑里，一位美丽的女子，身着秀美的汉服，头上戴着春日的粉色桃花，她正在木器上描绘着花纹。香气萦绕，她跪在地板上，品尝着刚刚用花蕊煮好的水，阳光在她的脸上投射下一个个圆圆的光点，她那长长的睫毛上还沾着清晨的露珠。

时光流转，如果世事可以轮回，眼前来回走动的人潮中，一定有人就是这器物的制作者，并时不时地前来观看。

属于她的那三千年，其实一直都在，漫长的历史，也许只是昨日的存在。我们在历史中找寻那些远古的时光，或许只是为了与一个称作"你"的"自我"相遇。

在成都博物馆，还有几件展品格外引人注目。一个是唐代的镂空金香囊，且不论金的贵气，单单精美的做工和细腻的构思就让人叹为观止，繁复的花纹印刻着当年这件艺术品制造者的精湛手艺和品味。

在这里我不禁想到这个香囊的设计师，他可能年复一年、日复一日做着类似的产品。对于每一件他做的产品都是无尽投入，忘记了吃饭，忘记了睡觉，忘记了时间，只为做出最好的产品。那是一种属于那时候人的坚持，一种投入，一种敬业精神，一种极致品味。

还有唐代的纺织物，看起来因为岁月的磨损，只剩下一些残片，色彩也褪去了很多。但从花纹和质地看，依稀能够看出这织品原初的美和质感，由此联想到中国画中关于唐代女子的精美服饰，在这样的服饰里无处不闪耀着几千年前人们的高超技术和独到品位。

在金沙博物馆，展出的是三千年前生活在这一带的古蜀人的生活用品、装饰品，还有一些特有的属于那个时代的物品。馆内最著名的是太阳神金箔，还有一座最吸引人的青铜立人，看起来十分庄重肃穆，看介绍推测它可能是当时一位极有地位的巫师的青铜像。金沙文化从时间上看崛起于三星堆之后，而两者之间的物品却有着相似的地方，因此认为它与三星堆文化应该有着不解之缘。

在金沙博物馆见到最多的是玉器，大大小小，林林总总，玉璧、玉琮、玉镯，还有其他各种装饰品。极难想象三千年前的人们是如何将这些玉器打磨得如此光滑并制作得如此华美的，我关注到其中一件玉器上刻着小虫，线条细腻，将小虫刻得栩栩如生。

一个战国时期木质的种植庄稼的工具，长长的把手，让人联想到那时候农人挥舞着它在地里劳作的场景。阳光照射着大地，作物在生长，风很柔和，远处有炊烟，还有食物的香味。

在这里还刚好遇到"发现中山国"的展览，非常幸运地观看了这个战国时期神秘国家的精美物品展。

中山国，存续于公元前414年至前296年，是战国时期的一个诸侯国，曾经长期与晋国、魏国等诸侯国交战，后来被赵国所灭。

一走进这个展厅，首先看到的是九个硕大的青铜鼎，然后是两排"山"字的标识，这个标识十分巨大，威风凛凛，很具有震慑力。让人情不自禁联想到战国时期，战马嘶鸣，车轮滚滚，硝烟弥漫的战场上，这个"山"字标识在迷雾中若隐若现的场景。

展出中还有一个中山国时期人们用来取暖的工具，不得不说与现代的打扫工具十分相似。它的底部中心位置有很多大小一致的孔，方便用于取暖的木炭等燃烧后沉下灰烬，设计科学又实用。重点是那个时代的铸造技术、打磨工艺、设计构思，都令人不敢相信，这些居然是属于三千年前的人们的。

这里还展示了中山国用的刀币和一些铜戈，感觉中山国是一个贸易发达并且武力强盛的古国。

在成都，有美丽又文艺的杜甫草堂，有令人惊叹至今的战国李冰

《可爱小背包》

父子组织建造的都江堰，有让人恨不得留下来学会的川剧变脸，还有宽窄巷子里的美味与生活日常。

但博物馆绝对是最值得去的地方，没去过成都的博物馆，就没到过真正的成都。

在博物馆里，我们领略、欣赏先人的智慧，在流逝的时光里，体验漫长的遥远岁月的存在。一切看起来宛若虚幻，却又仿佛就在手边，那时与现在因为这些物品的存在，没有了隔阂。我们联想那时人的生活，就仿佛在看现在的自己，一个遥远的你，也是今天的我。

2019 年 8 月

二十八、京都的木建筑

京都是一座现代与古典融合的城市，一边是便利的现代交通和高楼林立，一边是传统的日本木建筑。仿佛时光在一侧快速溜走，却在另一侧自我悄然凝固。

几年前在京都游玩，我对购物、看风光，甚至品尝正宗的怀石料理都不是太有兴趣，我最大的兴致在于京都那些几百年前的、上千年前的木建筑。

我记忆最深的木建筑或者木建筑群，有渡月桥、天龙寺、清水寺、金阁寺、银阁寺、花见小路、二条城、桂离宫、京都御所、三十三间堂、本愿寺等。

走在这些木建筑中，时常会让人有一种错觉，时间、空间、地点仿佛都没有了壁。而这些建筑，总让我情不自禁地想到中国的盛唐时期，那是一段让人着迷的历史，属于它的那些诗歌、建筑、艺术人文，都有着无限耀眼的魅力。

渡月桥在风光迷人的岚山一带，它有着美丽的故事。据说好多年以前，某个夜晚，一轮明月从桥的一端升起，再从另一端缓缓落下，因此得名渡月桥。也有人说，相爱的人从桥上走过，就会幸福地拥有彼此到永远。

现在的渡月桥其实是钢筋水泥重建的，只是两侧的栏杆依旧是木质的，因为岁月在木材上留下了时光的印痕，所以会让人情不自禁地联想到那些属于我们又不属于我们的从前。

我看到这座桥的时候，第一时间想到的是浮世绘里那些风光迷人的场景，桥上行走的人，波光粼粼的湖水。虽然当时桥上人流涌动，人们穿着冬天的厚外套和时尚的裙子，可时光仿佛总是那么一瞬间就穿越而来，只是走在桥上的人变了个装而已。

日本的一些古典木建筑除了历史外，还有身在其中感受到的独有的静谧和雅致。地上的砂石让人行走轻缓，古木苍劲，虽然没有奢华的雕花，但挂在其间的巨大的卷轴画和古雅的屏风，总会提醒游人，时间飞快且不曾远去，建筑上独有的橘红色，十分耀眼。

天龙寺距今已经有 700 多年的历史，我去的那天刚好天空飘雪，雪花缓缓落在巨大的木屋顶上，再飘到木质台阶上、湖面上和周围的红叶书上，不让人觉得冷。如果不是如织的游人，我真的会有被代入二次元世界的感觉。

清水寺是最为人熟悉的景点，每年樱花盛开的时候，游人多到站满每一条小路，尽管去的时候是冬季，但游客依旧十分多。清水寺距今已有 1 200 多年的历史，无论是入口处橘红色的建筑，还是正堂那巨大的坡屋顶及密集的柱子，都让人惊叹古代设计师、工匠们的精细投入。

而清水寺的名字源于寺中的清水，那水的确清澈明净，虽然不停地流动，却不知为何平添了一份静心的感觉。

金阁寺原本是室町幕府第三代将军足利义满的山庄。我没有研究过日本的历史，只知道曾经有一部风靡世界的动漫《聪明的一休》，里面有一位总是找碴，结果却被一休戏弄的将军，他就是足利义满。

今天见到的金阁寺是根据历史资料重建的，三层木建筑，二、三层贴满金箔，在阳光下闪闪发光，金碧辉煌。

建筑前面是一池美丽的湖水，周围都是形态雅致的树木，背靠连绵起伏的山峦，让建筑格外显眼。只是不知道这栋建筑的曾经拥有者足利义满是否也如同动漫《聪明的一休》里一样搞笑？

银阁寺是室町幕府第八代将军足利义政建造的，是一栋两层木建筑，木皮屋顶，外观看起来非常别致。

在枯山水庭院的映衬下显得空灵、幽寂。据说旁边的向月台可以将夜晚的月光反射到银阁寺的屋顶上。我没有见到这场景，不知道真实效果是不是如此，很遗憾没有看到这样的场景，只能靠想象了。

花见小路是京都最古老的花街，也是一处知名的商业街，里面有很多江户时代风格的民用木建筑，电影《艺伎回忆录》就是在这里取景的。我在这里走了一圈之后，除了看这些民用木建筑透出的生活气息和小情调外，最想做的就是坐进酒馆喝一杯。

在窗前，一边慢悠悠地举起酒杯，一边看着窗外的人来人往，他们流动于古典木建筑中，别致的灯笼在阳光和微风中舞动，有着一股我无惧时光溜走的洒脱气势。阳光不经意转动方向，不同的人在眼前向前涌动……

二条城是日本幕府将军德川家康建造的，距今有 400 多年的历史。二条城周围围绕着高大的石墙和护城河，给人一种防卫森严的感觉。

进了高大的门内，园林十分雅致、寂然，树木都有一种古雅的气息。我总会情不自禁地东看看西看看，看是否会有全副武装、手持长剑的护卫突然出现，拦住我的去路。然而人潮涌动，什么都没有，只有微风吹拂下二之丸御殿前泛起层层涟漪的湖水，记录着这里往来的人群。

二条城里面最大的建筑群属二之丸御殿，此外还有黑书院、白书院等。这里的建筑装修和细节都透露着一股奢华，屋檐上贴着金箔，在阳光下闪耀着迷离的光。内部房间的墙面上还挂着大幅画作，据说是幕府时期著名画家狩野探幽等人所画，画面内容有猛兽，也有古树等。

离开二条城的时候，一抬头看到的是城墙上一株孤独的小树，在午后的阳光下闪着光，昨日的雪已经消融，只在某个角落剩下那么一点点。

京都御所也好，二条城也好，总让我联想到紫式部所写的《源氏物语》。因此一进去，我就想寻找光源氏的踪迹，还有那些贵族女子存在的证据。不过认真地说，京都御所的大门跟二条城的大门没法比，像是影视基地中空荡荡的建筑，让人多少有点失望。哪怕是域内庭那座桥都小得可怜，随便一个江南小桥恐怕也比这个有气势、有韵味。

在《源氏物语》里有一个人物，就是藤壶中宫，是光源氏的情人。她住的地方飞香舍是恢复性建筑，一切只能凭借个人想象。光源氏是如何迷恋这位藤壶中宫的？可为什么又没有一爱终身，到最后光源氏到底爱谁？在小说中完全看不出。

在清少纳言的散文集《枕草子》里，经常提到清凉殿，现场看只是一栋很有韵味的木建筑，故事中的往事早已烟消云散。

木建筑依旧在阳光下闪耀着光芒，来回走动的人群细听着导游的认真讲解，感受每一栋建筑的前世今生，想象和捕捉着那些曾经存在于书中的人物和故事。

2019 年 9 月

二十九、在东京看艺术展

提起东京，首先浮现在眼前的大概就是原宿川流不息的行人，风格迥异的潮人，密集林立的高楼，还有那部经典的《东京爱情故事》或者《东京女子图鉴》……

嗯，是，只是一部分。

东京还有很多博物馆、美术馆，艺术就像东京发达的交通一样，围绕在城市的整个时空里。

2018 年暑假，我用了一周时间，在东京寻找博物馆、美术馆，认认真真地领略了这座城市所储藏的艺术品。虽然只是匆匆观赏，但依旧对这里的艺术氛围、艺术文化、艺术作品和人们对艺术的热情有了一些了解。

第一天去的是东京国立博物馆，在路上看到一个西洋版画展。当时是下午，东京的气温足有 39 度之高，本想如此高温，不会有很多人来观看一个版画展。不想走近发现，展馆外已经排了弯弯延延的长蛇阵，很多都是背着书包的中学生，没有一丝嘈杂，队伍整整齐齐，安安静静。考虑到时间的问题，我只能忍痛放弃了看这场版画展，继续向传说中的东京国立博物馆前行。

东京国立博物馆是一座古典韵味十足的建筑，历史感十分浓郁，文化气息静悄悄地渗入眼底。

一楼的绘画作品展厅，绘画作品根据年代陈列，正式进入展览通道后，有一个巨大的电子显示屏，上面是日本江户时代浮世绘派大师葛饰北斋（1760—1849）的著名画作《神奈川浪里》。站在一个麦克风前，大声地喊：电子屏上的海浪就可以随着声音滚动起来。声音越大，巨浪就翻滚得越高；声音越小，巨浪则翻滚得越小。来此的小朋友都跃跃欲试，想要一显身手。

我则在一旁认真地看这幅令世人念念不忘的谜一般的《神奈川浪里》……，再次想起了葛饰北斋的那句话："我6岁临摹，50岁作品出版，但到70岁还没画出值得一提的画；73岁约略掌握草木虫鱼的结构，希望到80岁能有长足的进步，90岁时更能参透万物，100岁时达到炉火纯青的境界，110岁时能信手拈来画出栩栩如生的事物。若够长寿，可证此言不虚。"这是一个艺术家对自己创作作品的执着。

在这间博物馆有很多巨大的屏风画，画面记录了某个历史时期的故事，还有历史人物。从中可以看到中国传统绘画对日本绘画的影响，也能看出画面所呈现的日本文化和传统习俗。

除了绘画外，东京国立博物馆内，还有日本历史发展进程中的各类雕塑、青铜器、陶罐、饰品、古建筑用的瓦当、传统日本服饰等。建筑内部虽然分为多个展区，但都布置得十分合理，租用的讲解器也会根据目录提供讲解。博物馆内十分安静，虽然参观人数很多，但是没有人吵闹，连拍照的人都很少，观展其实还是要认认真真观看，才能领略艺术之美。可对我这种难得来一次的游客来说，我还是在征得服务人员的同意后，拍下了一些图片。

《鱼》

东京近代国立美术馆，是一栋现代建筑，里面有四层，每一层都布置得十分独特。尤其是一楼，完完整整地记录了摄影的发展史，整个展区的设计十分具有艺术气息，一旦进入，就会被眼前的艺术品强烈吸引。

二楼、三楼、四楼都是现代风格的绘画和摄影作品，在这里还有著名艺术家草间弥生的装置艺术品，以及著名摄影大师细江英公的摄影作品。

展区人不算多，但每一个人都看得十分认真、仔细，极少有人拍照，偶遇多人看一幅作品时，大家也都会自然排队等候。

后来在一家剧院，我发现一个不大的展厅，里面正在举办的是自然摄影展。展区的格局很好，非常有利于欣赏大幅作品，且展出的摄影作品也都可以称为大片，小小的蚂蚁和蘑菇在光影交错间十分唯美和有想象空间。

之后，我还去另一家美术馆看了一场来自欧洲14—16世纪时期的艺术展，看到了艺术史书中才能看到的大理石雕塑、油画、装饰品。

2019 年 11 月

三十、 读《浮生六记》：那个让人爱且伤的女子芸

　　周末读《浮生六记》的时候，我喜欢听杰森·玛耶兹的歌曲，尤其是那首 *Heart Set*，尽管两者毫无联系。

　　《浮生六记》的作者沈复将平淡无奇的日常生活写得极有诗情画意，点滴间无不彰显着作者对美好的向往，可忧伤却又如一缕隐隐约约的雾飘荡在字里行间。

　　文中让我印象最深的，莫过于作者的妻子芸。那是一个可爱，有智慧，有礼貌，有家教，可又真真切切悲情的女子。

　　从作者写的生活片段场景间，我对芸最深的印象有两处。一处是作者打算跟朋友野餐，吟诗作画，但苦于无法喝到热酒，吃到热菜，难以成行。然而芸却轻轻松松化解了难题，只是拿了一点小钱，雇用了一个街边卖馄饨的人，用他的炉子为大家解决了问题。让那日的聚会充满情趣，也让作者终生难忘，以至于当日的风、天空、湖水等周遭景致都长长久久地留在了他心里。

　　另外一处则是芸看到作者的表妹婿徐秀峰迎娶了一个妾，并夸耀这个妾的美貌，而芸却觉得美但缺少韵味。至此，就按照这样的要求给自己的夫君纳妾。而作者本人觉得与芸情投意合，并不需要妾。而芸却千方百计，想尽一切办法寻找这有韵味的女子，并最终用尽心思寻得有韵味的美人儿憨园，为夫君谈成了这门婚事。

作者写道：憨园最终还是嫁给他人，芸也因此而死。

至此，我开始不能理解这个虽然没有受过正规教育却能够在谈论诗词歌赋的时候，说出自己对李白、杜甫、白居易等人见解的女子。为了跟别人比较，自己主动去给所爱的夫君纳妾。在爱的世界里，芸失去了自己，也失去了幸运，连她的睿智我都找寻不到了。

在芸身体日渐衰弱的日子，她为了去乡下养病，将自己的女儿青君草率地许配他人，儿子洪森也送去当学徒，实则未安排妥当，以至于这个可怜的孩子早早就没有父母陪在身边，最后生病离世。

芸最初的那种可爱、智慧、柔情，在岁月的变迁中，不知为何就多出了一份懦弱，还有一种取悦他人的情绪，甚至是为得一人心不惜失去自我的愚蠢。

以至于读到最后，每每读到芸这个名字，我再也联想不到她到底长得多么温柔美丽，在人群中是如何独特的一股风流，反倒自然渗入了一丝莫名的悲伤。

2020 年 7 月

三十一、那些年我听过的音乐

大约十年前，我有了一个 Bose 的小音响，从此就一本正经听起音乐来。

真爱从前时期

一开始把家里的老唱片拿出来一张一张听，那些老唱片哪里来的，我也搞不清楚，听完得出四个字的结论：真爱从前！

现在隐约记得这些唱片的创作者有王洛宾、Beyond、黑豹、崔健、伍佰、邓丽君、刘文正、张国荣、张宇等。

非常喜欢王洛宾写的那些歌词，那些不被时间和地点所约束的文字，有一种超越时光的真诚，无论历经多久都会有一种清新的味道。

古典音乐时期

我一开始买的都是古典音乐方面的，经常是一两个月买一张，反复听过，再去买新的。

大致听过的主要古典乐有：巴赫的小提琴曲；雅那切克的很多专辑，我特别喜欢的一曲是 *All I Ask Of You*；查特·贝克的小号曲；杰奎琳·杜普蕾的大提琴曲；马雷·夏尔的大提琴曲；小泽征尔指挥的所有作品。每一张我都认真听过多遍。

早上洗脸听一会儿，吃晚餐的时候听一会儿。周末更是听个没完，读书的时候听，发呆的时候也会听，那段时间我沉迷于古典音乐。

我还曾计划买把大提琴，最后被理智的老公劝退，因为他知道我最大的特点就是三秒钟热度连三分钟都不到。

事实的确如此，没多久，我就又开始听摇滚乐了。

摇滚乐时期

隐约记得买来的第一张摇滚乐唱片是鲍勃·迪伦的 *Time out of Mind*，他写的每一首歌都仿佛是哲理诗。

没过多久，我就将 20 世纪六七十年代摇滚巨头的歌曲听了个遍。披头士、滚石、R.E.M、Nirvana、枪花、金属乐队、帮·乔维、山羊皮、皇后、U2、AC/DC、齐柏林飞艇、蝎子乐队等。

此外还有夜愿、Radiohead、Josh Todd、布莱恩·亚当斯、Pearl Jam、Adam Green、Alfred Hall、Amber Run、John Mayer、Old Sea Brigade、Beast、Bigbang 等。

现在印象最深的是平克·弗洛伊德，尤其是那首 *Another Brick in the Wall*，至于到底是因为参悟了歌词所表达的境界，还是喜欢那种忧伤的味道，自己也说不清楚。大概就是因为从节奏、曲调、歌词等很多方面都把我带进去了，所以让我记忆深刻。

爵士乐、民谣、乡村时期

我是一个喜欢寻找新事物的人，在喜欢的音乐方面也一样，注意力来得迅雷不及掩耳，消散得快如太阳升起后的雾。

《西瓜》

渐渐就不用 Bose 音响了，开启手机听音乐的历程，也习惯了在网上搜音乐。

非常喜欢苏菲·珊曼妮的歌曲，我特别喜欢她的那首 *I Can't Change*。此外还有 Tracy Chapman 的歌曲，我很喜欢她歌曲的那种空灵感，最喜欢的一首是 *Matters of The Heart*。至于 *Norah Jones*，喜欢她的 *Carry on*、*Shoot the Moon*。

这期间，我喜欢上了五月天，从《时光机》到《如果我们不曾相遇》。五月天的曲调轻快、有点忧伤、歌词很有哲理，刚巧就是我喜欢的歌曲类型。也很认真地听过陈绮贞的歌曲，喜欢她的《小步舞曲》等。

还认真听过 George Strait、乔什·特纳、Dierks Bentley、惠特妮·休斯顿、Don Williams、Joshua Hyslop、Donovan、Skyler Stonestreet、Josh Ritter 等的歌曲。

混合时期

现在听音乐的方式完全变成了各种 App，除了手机，在家里也会连接 HomePod，而且也没有什么专一性可言了。流行音乐、Hip-hop、网络歌曲也经常会听，但一般只是听单曲，有时候也会顺着某个视频的背景音乐去寻找一些歌曲听。

现在仍然会听古典乐，仍然很喜欢大提琴，还开始喜欢竹笛，可能是看了一些古风玄幻电视剧和动漫的原因，越来越喜欢传统文化。

音乐可以缓解人的情绪，疲劳的时候，可以听一些动感的音乐，提振精神。读书的时候，可以听一些古典、舒缓的音乐。做事情的时候，可以听自己喜欢的音乐，作为背景音乐。

2020 年 12 月

三十二、我的手机摄影经验谈

不知道从何时起，我已经不带相机外出了。秋天树木的红、黄、绿色彩交织在水彩蓝的天空之下，宛如一幅迷人的画卷，我还是坚持用手机拍摄，如果相机含有咖啡因，不知道这算不算是戒掉了相机的瘾。

就我个人而言，我只是一个业余的摄影爱好者，认真地说，手机的拍摄效果跟单反、无反相比还是有差距的，可手机的便携性却是无与伦比的。我并不是手机摄影大师，我甚至都很少下载各种手机摄影 App，只是经常会有朋友在朋友圈问我："你发的这些图，色彩怎么调的？那个特写是怎么拍的？"于是我就想简单地写几条我的拍摄方法。

对焦

拍摄的时候轻触一下屏幕，对准被拍摄的人和物体，手工对焦完成。我看到很多人用手机拍摄都没有任何对焦动作，也不等屏幕显示的物体清晰就直接按下拍摄键。

当然手机有自动对焦的功能，但有时不准确，手动对焦会让拍摄的主体更清晰。

如果将摄影与写作联系在一起，那对焦一如语言基础，有好的语言基础写出来的故事才会流畅，可读性才会强。

调明亮度

轻触手机后，屏幕会出现一个小太阳标识，上下滑动小太阳，就可以调整拍摄图片的亮度级别，调整到合适的程度，手离开屏幕，拍摄。

主体突出

如果将拍摄对象与写作联系在一起，就好比你的文字很美，但一定要有故事，好的故事才能让美的语言体现出来，而拍摄对象就是故事。

拍什么当然取决于自己的喜好，你可以拍人像，自拍，也可以拍一朵花、几片叶子。

不过为了避免画面凌乱，最好拍摄主体明确，这样会容易让人理解您的拍摄意图和作品展示的内涵。

色彩协调

色彩如何协调，其实是一个很专业的问题，如果我讲对比色、相近色，甚至拿个色彩环出来，就容易把人搞糊涂了。

简单入门的色彩协调方法是控制色彩的种类，譬如画面只有两种色彩、三种色彩，这种简单色彩组成的画面，会让人容易记住。

当然，也有多种色彩、画面冲击力很强的图，我的色彩简单法，只是我的经验。

适合的光线角度

手机摄影，对于光线要求较高，光影可以增加画面的质感和存在感，如果光线较暗，一般就较难拍出效果，夜景拍摄是另一回事。

我很喜欢拍静物，静物考验一个人对拍摄物体的造型能力，将普通的物品摆出舒服的存在感是需要长期反复的试验的。像莫兰迪那种把简单的几只罐子摆出穿越时空寂静感的画面，是我学习的目标。

背景干净

与拍摄物体色彩有一定对比，当然有时也可以色彩一致。

干净的背景，会让我们将视线集中于拍摄物体本身。

后期处理

在我看来，手机拍摄的图绝大部分还是要做后期处理的，后期处理其实一件复杂的工作。真的要讲，大概许久都讲不完，况且审美与技术手段一直在变，后期的风格也不能一成不变。

但大多数时候，简单调个白平衡，拉拉曲线，处理下明暗关系，还是需要的。

不过，我个人用得最多的是画笔工具，这个需要理解色彩原理、色温等之后再尝试，否则处理不好还会搞乱画面。

我用的手机后期 App 就是 Lr、Sd，处理人像的时候我也用美图秀秀。我经常用的是手机自带的修图功能，这个自带功能其实已经很强大了，实际应用中只要掌握一两种修图软件就可以了。

2019 年 12 月

三十三、漂亮的东西不会是美丽的

　　我很喜欢拍静物，因为静物拍摄的物体内容及摆放位置全由拍摄者自己决定。去年暑假我尝试用手机拍了一段时间静物，也尝试了各种布光、构图，积累了一些静物拍摄的经验。

　　但我总是忙得不可开交，能够拿出单反相机拍摄的时间越来越少，于是我就尝试着用手机拍，借助自然光布景，再加上后期处理，通常拍摄一张图到后期处理完成也就几分钟的时间。

　　虽然手机拍摄的画面效果和质感跟单反相机比，差距是不言而喻的，但对于非专业的人而言，自己拍着开心已然足够。

　　现在很多时候拍静物我都用手机，没用任何特别的 App，就是手机相机中最普通的原图拍摄模式。实践告诉我，选择鲜明模式拍出来的图片色彩艳丽，但后期处理的时候不如原图模式的可塑性强。后期是一个需要单独学习的内容，因为后期真的很重要，就如同一个天生丽质的美女，其实也需要符合气质的妆容和服装搭配，而这不是用简单的方法就能达到预想效果的。个人对美的理解，对色彩专业知识的了解，个人的品位要求决定了后期结果的大不相同。

　　艺术最重要的一点，在我看来可能是我们要表达什么。摄影也一样，传达我们思考的事物，并通过静态图像的方式呈现出来，这才是我们拍摄的追求。

《粉色南瓜》

哲学家维特根斯坦说过一句话，在艺术中很难做到的是"有所言说，又等于什么都不说"。

真是晦涩难懂的话，可又觉得极有道理。我用手机拍摄静物，可能不是想说"你看，就算普通的东西，我用手机随手一拍也能拍得很美。"我更想通过拍摄表达一种思想。因为维特根斯坦还说过一句话："漂亮的东西不会是美丽的。"还是这么难理解，可似乎又击中了艺术的本质。

我今天想说的是我个人拍摄静物时候的想法，我希望一个水果，譬如一个百香果或者一个雾莲，在一个平常的环境下，通过这个水果所处的位置和环境色彩的对比，让人感受到一个水果的存在感和生命力。百香果也好，雾莲也罢，就像一个生命体在环顾周围，安然地享受午后阳光，画面是寂寥的，可存在感是显而易见的。至于是否美，那是主题表达之后才去思考的事情。

画面内容呈现的特立独行的存在感。譬如在一堆红色的水果中间，有一颗很诱人的青枣，或者几排鸡蛋中有一颗绿色的柠檬。我想表达一种想法："通过色彩和物体的几何组成，看到事物的不同所组成的画面的协调感。"

物体的色彩与形状的组合，会引起一种联想。譬如，我曾经拍过一张很多个小水彩颜料组成的画面，加上一只麦穗，画面色调偏暖，你们会不会联想到一个丰收的秋天，一位艺术家正在麦田边上写生？另一幅则是一条丝巾，那是我画的一幅画，一位老师帮我印在丝巾上，刚巧我买了一本新艺术书，就随手将两者放在一起拍摄。让人想到温暖的冬天的午后，一边品着咖啡，一边看着艺术书。当然也可能是一边吃水果，一边看艺术书，于是有了另一幅图的画面想象空间。

拍摄的主题和想法总体取决于个人的艺术理念、生活情趣，想通过拍摄表达什么在我看来远比拍摄方法重要得多。

2020 年 1 月

三十四、用 Procreate 绘画的经验总结

看过国产动漫剧《天行九歌》的网友，一定忘不了里面风流倜傥、潇洒不羁的贵公子韩非：一人，一马，微微一笑，驰骋天下。

其实在 iPad 上绘画，同样可以让我们放下传统绘画场地和工具的约束。不再需要成排的笔，也不需要画架和画桌，不用担心画错，一切都可以重来，存储简单，分享瞬间。

你可以潇洒不羁地坐在春风拂面、柳条新绿的湖边，也可以坐在樱花盛开的小路旁，还可以坐在某个咖啡馆的角落。高铁上，飞机上，任何地方都可以。只需一人，一笔，一本，即可笑傲艺术江湖。

我先开始讲 iPad 绘画需要的工具，简单地说就是：一人，一个 iPad，一支 Apple Pencil。

至于时间，任何空闲的时间都可以，午休的时候，晚餐之后，排队的时候，乘车的时候，等待心爱的她的时候，一切时间皆可。

有老师问我到底怎么在 iPad 画画呢？刚好我认识的老师也希望我分享一下经验，于是就有了这篇文稿。

在 iPad 上要画得复杂，必然需要较长时间，你要有足够的造型基础、色彩理念、主题构思，不过简单的小作品，还是很容易上手的。

如果画一个小动物，一朵花，我们可以用最基本的形状，只用填充一种颜色就可以。

其实用什么绘画软件都差不多，就像你喜欢穿什么风格的衣服一样，有人喜欢职业装，有人喜欢潮，有人喜欢汉服，有人喜欢旗袍，有人喜欢色彩鲜艳，有人喜欢黑白灰，你喜欢的就是最好的。

我用的软件是 Procreate。

构图

用 Apple Pencil 与用毛笔、油画笔、马克笔、水彩笔等，触感是不同的，所以先要尝试着掌握 Apple Pencil 的使用力度，再尝试掌握各种笔触的功能用途。

我一开始喜欢在 iPad 上直接画，但是慢慢地就习惯于用马克笔在纸面画完大概的草稿，然后导入软件再画。

层

用 Procreate 绘画，必须要有"层"的概念。

与我们画油画相似，第一遍在画布上涂完一层颜料，等待颜料干了之后，我们再根据自己想要的效果，进一步涂颜料。根据实际绘画效果，我们可能会涂很多很多层，一层一层覆盖。有时候，画好的满意的油画作品，过了一年半载，也存在部分重新画的可能。"层"的概念等同于上面我讲的在布面上一层层涂的概念，略有区别。

我们可以将一幅作品分割为多个层完成。这样的好处是我们可以针对整体画作每一部分的要求单独作画，修改时也可单独修改其中某个层，不会影响其他已完成部分的效果。

同时，层与层之间，可以调换位置，这是在布面或者纸面上做不到的。如果把布面绘画比作一朵盛开的牡丹，那这朵花的几十个不同样式的花瓣的先后顺序不可调整。

但是在 Procreate 上，这几十个不同样式的花瓣可以被分解为几十个层，而这几十个层可以随意换序号。只要组合后依旧符合一朵花的构成，不会对这朵花有任何破坏，就没问题，就像花被施了魔法。

选色

我们在纸面或者布面上画国画、油画、水彩画等，都需要用颜料调色，调色是一门专业活，而配色同样需要大量的实践经验。

当然在纸面或者布面上，我们调色也需要反复试验，有时候一旦失手，就废了一幅作品。

在 Procreate 上，你不用担心这个问题，因为修改来得太容易，也太快，比一流剑客拔剑的速度还快得多。

填充

填充类似于给我们画好的线稿上颜色，这一点很重要！

当然并不是所有的部分都用填充这一招，画到一定程度，可以考虑自己用笔去涂颜色，这样可以制造更多色彩效果。

打个比方，在纸面上绘画，我们必须要用画笔一笔一笔地涂颜色，笔再大也不能一笔涂好一个面积，毕竟笔的形状与实际绘画面积的形状不能百分百贴合。但在 Procreate 上不一样，一个围好的形状里，如果我们只选择一种颜色，那只需一个动作即可完成。

传统纸面同一种颜色涂色，类似于古代有一个人，写了一首绝美的诗想要立即送给他的情人欣赏，就算是只有五公里的距离，骑着千里马，也需要点时间。

而现在，我们打算发一段表达情感的话给某个人，只需要发一段文字微信或者语音微信，瞬间实现，这就是 Procreate 的色彩填充。

签名

作品完成后，要记得签名，署名是必须的！布面绘画中，签名与作品是在一个平面空间里。但是在 Procreate 上，我们可以单独建一个层，通过输入文本的方式或手写的方式。

这样的好处是过了一段时间，我们对这个签名不满意了，可以重新建层，重新签名。在传统绘画中，签了名，再涂掉，就是大麻烦了，轻则重画一部分，重则画毁笔亡。

导出作品

作品完成要保存，可以即刻分享，也可以再导入 PS 软件继续做后期处理，看个人需求。导出后，我们可以根据手机的分辨率设置像素，在手机上将自己的作品设置为背景，那将是独一无二的限量版壁纸。

2020 年 6 月

《鱼》

第四卷

六维行想

三十五、橘色我取

刚下过一场小雨，

那棵三千年的橙树挂满水滴，

轻轻摇落，

像在演奏乐曲，

弦月升起。

你站在树下，

笼在淡淡的橘色里。

小星芒在你的肩头闪动着笑意，

我第一次遇见你，

却有了前世承诺，今生相遇的窃喜。

夜在沐浴。

你跟我打招呼，

语调谦虚又有礼，

却透着一股不羁。

衣衫上的小星芒，调皮地跳进脚下的小草里，

周遭溢满春日的香秘，

星点万亿。

风传递着你的故事。
虽然听起来就像简历，
可我宛若在吃美味的巧克力。
露水打湿了我的裙摆，
细语如栩。

我不相信圆月夜，
许愿真有意义。
可冲动已穿越我的心底，
一只小虫呢喃飞过，
橘色我取。

2020 年 10 月

三十六、剑与桃花

真爱如嗜。

我将一把束着蝴蝶的剑，

刺入你的胸膛。

你的脸色被苍白席卷，

却依旧保持着往日的平淡。

我拾起一株小草故作烂漫，

端倪偷看。

你缓缓倒下的身躯，

华丽的衬衫袖口，

让人想起千年前的盛宴。

我等待你的万般埋怨。

隐约间，

你轻声问：可喜欢我昨夜送你的桃花？

我嘴角咬着那桃花的枝，

以为眼前只是玄幻，

假意泪眼纤纤。

你缱绻在满是露珠的麦冬间，

痴痴地等着答案。

我双手摆弄团扇，不经意地遮住眼。

晨风渐，

桃花舒展。

2020 年 11 月

三十七、橙色小狐狸图案的蓝色连帽衫

我有一件蓝色连帽衫，

上面是我自己画的图案，

一只调皮的橙色小狐狸，

再粘上几颗钻，bling、bling、闪闪。

我穿着它，

爬过高山，

玩过射箭，

吹过蒲公英的小降落伞，

也看到夜晚萤火虫盏盏。

我的画着一只橙色小狐狸图案的蓝色连帽衫。

我穿着它，

躺在春日初生的小草间，

听民谣、摇滚、亦有蓝调。

也痴醉于长亭晚，

悄然滑落在湖边的不知名笛音婉转。

月光冉冉，

我的画着一只橙色小狐狸图案的蓝色连帽衫。

我穿着它，

躲在无人的街角，

开心地跳着 Jazz、Locking、Popping。

可一旦陌生人出现，

我的舞步就像被魔鬼驱散，

只剩下一张正在眨眼的面孔全是腼腆，

身体笔直而站。

我的画着一只橙色小狐狸图案的蓝色连帽衫。

我穿着它，

在草地上追看心仪的 F1 方程式赛车。

可喜欢的车手却止步于倒数第六圈，

没有机会体验手持奖杯的璀璨，

却多了一份黯然。

风染染，

泪光点点。

《一件印有小狐狸图案的连帽衫》

我的画着一只橙色小狐狸图案的蓝色连帽衫。

我穿着它，

读推理小说、迷言情网文，追玛丽苏神剧，

情感泛滥。

也用 Python 写下第一行代码：诉说心愿，

这是代码君的爱恋。

我的画着一只橙色小狐狸图案的蓝色连帽衫。

我穿着它，

流连在博物馆，

欣赏瓷器，迷恋宋画。

爱上印象派和野兽派色彩的美轮美奂，

却对立体派至今无感。

我的画着一只橙色小狐狸图案的蓝色连帽衫。

终于有一天，

这件蓝色连帽衫袖口起了茧，

《书架》

衣襟也褶皱连连，

就像所有的东西最后都成了收藏品。

我的蓝色连帽衫也在所难免，

我将它清洗干净，

叠成一个可爱的卷，

放在书架间。

每次我取书阅读，

就会看到这件橙色小狐狸图案的蓝色连帽衫。

它就像我青春岁月的书简，

在冬日也能燃起我内心的火焰。

真实的记录，

时光浅浅又柔软。

2020 年 11 月

三十八、你的微信

那天早晨，

浓雾弥漫。

我背上单反相机，

走进附近的小公园，

想要记录这深秋景色的绮丽。

落叶在脚下格外柔软，

一如秋日赠送心底的温暖，

深情款款。

我在一丛花烟草旁摆好脚架，

一朵黄蘑菇在不远处吮吸着甜美的晨曦。

我将一只狗尾草的茎咬在嘴角，

冲着头顶正在鸣唱的喜鹊哼上一段乐曲。

前方小路蜿蜒，

两侧的树木美得有些迷离。

雾将这个季节独有的红色与黄色罩染了一层雾色透明华衣，

仿佛一场盛大的舞蹈狂欢随时都会开启。

我时不时地摆弄快门线，

慵懒不羁。

心想若是此刻一群飞鸟掠过天际，

或者一缕阳光点燃眼前这场盛大的狂欢。

那场景一定让人痴迷，

幻梦无期。

就在我寂寥失望的间隙，

一个红色背影悄然出现，

跑姿轻盈，

发如好。

我按下快门，记录下这美妙的瞬息。

我起身追赶。

雾在我的身边剥离，

总算追到她的面前。

我气喘吁吁地说：我拍下了你的……

她淡然地看着我，

双眼透明的如同一潭秋日的清溪，

随后莞尔一笑，绕道远去。

我转过身，

想用尽力气冲着她的背影大喊：你的微信？

可这几个字终究只能在我的心底无限循环。

一群飞鸟从林间飞入空中，

撩动了清晨第一缕光线，

周遭的景致美轮美奂。

我站在一棵金色的银杏树下，

一柄叶子落在我的手心，

好像万年前寄来的书简。

那个迷幻的早晨，

我在心里反复重复的只是一句话：你的微信？

如果，下一次遇到她，

我想我还会追上前，

对她认真地说：我拍下了你的背影。

然而那句话依旧只会在我的心底嵌套拥紧，

你的微信，

你的微信，

你的微信，

......

2020 年 12 月

三十九、写给最具浪漫色彩的中国七夕情人节

爱，有时是你用 15 天时间。

陪我去意大利博洛尼亚，

寻找一间只有静物油画的博物馆，

感受灰、黄、橙、蓝组成的静谧空间。

爱，有时是你克服恐高症。

用 20 年积攒的勇气，

陪我登上迪拜的哈利法塔。

在摇曳的空中，

俯瞰沙漠中的城市奇迹。

爱，有时是你不情愿，

但仍煎熬 3 个小时，

陪我听查特·贝克的小号曲，

还要奉上"有品位"的话语。

爱，有时是我喜欢一个背包，

你毫不犹豫地买下。

而我只背一天，

就将它送上 3 米高的储物格。

爱，有时，只是你和我，

用 360 秒的时间，

默默地欣赏梦幻星空，

没有虚无的承诺，亦无须物质的虚无。

2017 年 8 月

四十、咖啡缘起

思念是什么？

是眼里只有你，心里再也住不进其他人；

是时间向前一天，我却觉得一年躲在身后；

或者是，明明我困倦地站着就能睡着；

可一想到你，我却决定失眠了。

睡不着的时候，做什么？

运动？

单调。

听音乐？

还少点什么。

吃东西？

身材的灾难。

……

思来想去，做咖啡吧，印象里的你，我将都放在浓缩咖啡里。

你夏天穿的白 T，

你春天穿的裙子，

你秋天背着的小包包，

还有你可爱的喜欢嘟起来的我不知道口红色号的嘴唇。

最后，放上一枚幸运的三叶草。

女孩喜欢一边读书，一边喝咖啡。

他看到，便默默记下了。

春天来了，女孩坐在长椅上读书；

他将一朵桃花放进咖啡，悄悄地送到女孩身边。

夏天来了，女孩坐在树荫下读书；

他将一片西瓜放进咖啡，静静地送到女孩身边。

秋天来了，女孩在小河边读书；

他将一片银杏叶放进咖啡，默默地送到女孩身边。

冬天来了，女孩在教室里读书；

他将一片雪花放进咖啡，轻轻地送到女孩身边。

寒假来了，女孩收拾行囊，要踏上旅途。

《咖啡》

他将海星放进咖啡，递给女孩，这海星里有他童年和现在的星辰大海，他愿这海星陪她一起旅行。

湖边微风阵阵，
樱花盛开在触手可及的地方，
湖面上渐渐浮起星光点点的孔明灯，
星空悄悄爬到了头顶，
一轮弯月投射到湖面。
我伸出手，一朵桃花飘落在我的指尖，她调皮地随风舞动。

这是梦，我起身转了一圈。
景致依然，只是多了一杯咖啡在手边。
原来这是现实。

有时，梦里有现实，现实也有梦。

2020 年 4 月

四十一、一条思念蝴蝶的鱼

一条鱼喜欢上一只蝴蝶，那只蝴蝶也喜欢这条鱼。

可蝴蝶只能在花间飞翔，鱼必须在水里才能自在地游来游去，它们没有办法生活在一起，这未尝不是一种痛苦。

于是那条鱼每天练习飞翔，它一次次跃出水面，让自己飞得远一点，再远一点，每天累得筋疲力尽，只为能看一眼落在岸边蔷薇上的蝴蝶。蝴蝶也尽量让自己飞到最接近水面的地方，为此不知道呛了多少次水，仅仅为了跟鱼问个好。

从春天到秋天，鱼与蝴蝶为了能够相见，都练就了特殊的本领。鱼可以贴着水面飞得越来越远，蝴蝶也不再畏惧落在水面漂浮的花瓣上。

它们用这种方式倾诉各自的所见所闻，蝴蝶讲述那些花间的故事，鱼讲述水下的各种见闻，它们在一起太愉快了，以至于完全忘记了交流的困难。

可天气越来越冷，蝴蝶要飞往更温暖的南方躲避严寒，鱼跳出水面跟她道别，蝴蝶的眼泪落在水里，溅起一小朵一小朵浪花。鱼忍着眼泪，笑着说："接下来，我要好好练习，说不定明年春天就可以陪你在水面飞翔了。"

蝴蝶点点头，含泪转身飞去。

《鱼》

看着蝴蝶的身影一点点消失在天际，鱼回到水中，它的眼泪涌了出来，痛得仿佛快乐从此与它无关。

因为两个季节的锻炼，蝴蝶轻松战胜了飞行路上的困难，到了温暖的南方。蝴蝶变得更漂亮了，它结交了新的朋友，开始了新的生活。

虽然蝴蝶依旧喜欢那条鱼，依旧在心里思念它，但它知道鱼是不可能飞翔的。

鱼在蝴蝶飞去南方以后，每天依旧坚持在水面飞翔，它现在已经飞得越来越远了，它对下一个春天充满了期望。

2020 年 1 月

四十二、当距离消失时，爱情还在吗

　　"那时候，季节转换、花开花谢都成了历史上曾经存在的词，在这个星球上，温度可以自由调控，花永远绽放。连距离都成了一种奢侈，譬如说：我正在上海的某一栋公寓里读书，而你在巴黎游玩，我想你了，可以 10 秒之内，就穿越到你面前。"嘉辰对女友说。

　　……

　　"如果，世界都成了那个样子，我是不是应该去外星球游玩呢？"

　　"也是。"

　　"那时还会有爱情吗？"女友一脸疑惑地问。

　　……

　　嘉辰犹豫了，"是啊，3020 年，爱情还在吗？"

　　……

2020 年 3 月

四十三、一道选择题

他叫颜博士，有着一张永恒不变的大约 28 岁的脸。脸上几无表情，浅浅的棕色皮肤无一丝瑕疵，皮肤下仿佛渗透着一种与生俱来的高贵气质，以至于舒缓的语调中有一种让人无法不相信他的气质。

"只需要将我给你的药丸服一粒，三天之后，你就会回到 28 岁的状态，从面部到身体机能，全方位回到 30 年前，此后 10 年保持不变。"

"10 年保持不变？"魏清雅惊讶地问。

"是的。但是随之而来的是这 30 年的记忆也会被彻底抹去，就好比把印满字的纸打成无数碎片，再埋藏在泥土里，最后全部腐烂，绝无再重组的机会。所以是否选择这个美容方案，请您三思。"

魏清雅的心剧烈跳动起来：过去许多年，她为了美容投入了太多，但随着时光推移，她所做的一切显得毫无意义。倘若只是自己，哪怕就是所有的记忆都清除，又有何惧！可女儿 17 岁，丈夫 60 岁，老母亲 82 岁，过去 30 年的生活，让自己忘得一干二净，甚至忘记自己还有女儿，这总是有着无法言喻的痛楚。

"有其他条件可以换吗？"

颜博士似乎看到了清雅的犹豫，他的嘴角微微翘起："这世上有得到就有失去，我这里从来没有讨价还价，你可以在这个屏幕上选一项，不同意、同意、三天后答复。"

《水下世界》

By xiaon

博士指了指桌子上的一个虚拟屏幕，转身离去。他如同机器人一般瘦长的身体划过窗边的阳光，消失成一个小光点。

片刻，清雅按下了"三天后答复"的选项。

今天是 2NWA 年 U 月 Q 日

时间已经过去五分钟。

……

2020 年 3 月

第五卷

影音有悟

四十四、下一次的相遇

虽然依旧是人蛇相恋的故事，但有人说电影《白蛇·缘起》不老套。首先那个男主的名字不叫许仙，叫许宣。其次男主的人设不是一个呆萌又无力的文弱书生，而是一个有勇有谋的捕蛇人。之后就是人与美女蛇的偶遇和相恋……看到这儿故事仿佛又跌入了无法辩驳的老套。

可我还是认认真真地看完了这部国产动漫电影，不是因为白蛇那长长的眼睫毛太过迷惑，也不是因为曾经看过的电视剧中白娘子美得让人忘也忘不掉，而是因为故事所诠释的纯爱，有一种在炎炎夏日吃牛奶冰激凌的感觉。

故事发生在唐朝，可这部电影的画风却美出了宋朝的味道。

时而是一幅意味悠长的水墨画卷，时而是一幅彩色的千里江山图，过会儿又混搭出一幅盗墓笔记现场图，最后再来一场游戏打怪图。虽然总是能时不时地在其他地方找到原图，可都放在这里却也合情合理。尤其是白蛇那大大的透明的双眸，细长的眉毛，长长的随风舞动的直发，一身可人的水色飘逸汉服，美得让你挪不开眼睛。

话说这样一个美女尽管来历不明，外加丧失记忆，却也无人怀疑她的身份，甚至许宣知道她是妖之后，依然毫不惊恐，依旧坚持与这个妖在一起。你可以说他勇敢，敢作敢为，有责任感，但我看到的是颜值就是信任。

就像青蛇说的："你看中的只是姐姐的美貌……"

在我看来，这个故事唯一的亮点是以往人妖殊途的故事里，要么妖是妖，人是人，痛苦分离，要么妖想尽一切办法变为人，修成正果，这个故事给出了第三种解决方案。既然你是妖，那么为了能跟你在一起，我也变成妖。我可以放弃人所拥有的一切权力，宁愿成为最底层的遭受各界追杀的妖，也要追随你到天涯海角。

当然还可能有这样的结果，白蛇喜欢的只是作为人的许宣，而许宣一旦变成妖，就与白蛇再无相干，不知那时连轮回都已放弃的许宣是否后悔。好在，故事没那么发展，虽然没有出来阻止有情人的法海，却有了想要修炼成精的小白的师傅和国师，为了救法力全无的白蛇，许宣命丧二十八星宿阵法，幻化成冰，消散远去……

五百年以后，白蛇终于再次修炼成功，于是这世上终于又有了一个叫许仙的公子，西湖，断桥，伞下，又一段人妖偶遇……

2019 年 5 月

四十五、人生拥有的只是不可把握的现在

村上春树在他的小说《舞舞舞》里面有一句充满感伤和寂寥的话："我一直以为人是慢慢变老的，其实不是，人是一瞬间变老的。"

人生在细细碎碎的事件中飘走，有时即便是遥远的过去，也时常觉得只是昨日而已。

电影《少年时代》讲述了男孩梅森从6岁到18岁的成长历程，影片既没有跌宕起伏的剧情，也没有吸人眼球的特效。只是细琐的生活内容记录了时间在人们身上刻下的种种痕迹，让观影者看到自己的过去、现在和将来。

男孩梅森从偷看花花公子杂志，到经历父母离婚，母亲再婚，继父家暴，母亲离婚又再婚，继父酗酒。他从一个无忧无虑的小男孩，到只能偶尔品尝与亲生父亲相聚的短暂欢愉，随后不得不面对蛮横的继父和学校里那些品德不高的同学的欺凌。

从男孩最初面对这些场景时脸上露出的恐惧，到最后的淡定。第一次恋爱，第一次吸烟，第一次喝酒，以及后来他对自己大学专业的坚持，我们看到的是一个孩子的成长，一种坚定的人生选择。

影片中梅森的爱好是摄影，还得了银奖。我看他拍的黑白人像，很漂亮。与梅森同时成长的还有他的亲姐姐萨曼莎，一个独立有见解的女孩，遵循自我所思所想的女孩，影片中她对读大学就可以离家独

立的渴望，让观者回想起自己的高中时代，一心想到离家遥远的地方读书，远离父母的束缚。

但不管是孩子们成长为成年人，还是曾经年轻的父母脸上留下的岁月沧桑，都不是通过漫长岁月完成的，仿佛一切只是一瞬间。

影片中最伤感的场景是梅森的母亲奥利维亚看着梅森离开家，她落泪感言："结婚，生孩子，拿到硕士学位，找到不错的工作，然后离婚，再婚，到孩子们读大学离开家，我的人生经历了一个个里程碑，恐怕下一个里程碑就是我的葬礼了。"看到这里，所有的父母都会潸然泪下吧，人生总是在征服一个个高点后，得到短暂的喜悦，而最终却走向虚无。

梅森的父亲老梅森是摇滚青年，他对披头士的喜爱，对摇滚的坚持，对人生的看法和对子女的教育方式，都值得思考。不得不说影片中的那些歌曲，如 Tweedy 的 *Summer Soon*，Family of the Year 的 *Hero*，Wilco 的 *Hate It Here*，Coldplay 的 *Yellow*，Bob Dylan 的 *Beyond the Horizon* 等，不但曲调优美，而且歌词也是满满的诗意。

人们被时间带着前行，努力掌控自己，把握指尖随时溜走的岁月，只要歌声响起，这种感觉便在空中萦绕。

影片最后的镜头是梅森与大学刚认识的女孩坐在一起探讨人生，巍峨的群山与一望无际的大地，让大自然赋予人类无限的遐想。

梅森用马可奥勒留（古希腊哲学家，斯多葛学派奠基人）的话提问："人生能把握的只有现在吗？"

女孩回答："我觉得是现在把握了我们。"

其实人生拥有的只是不可把握的现在，没有人有能力控制未来，一切只是尽力让每一个瞬间根据自己的所要发展。正如歌曲所言："我不想成为英雄或者什么大人物，我只是想如常的奋斗……"

2017 年 2 月

四十六、不真实的男神，真实的爱情

小说《三体》里面有一段，描述玩世不恭、花天酒地却干着拯救地球这种玩命职业的罗辑先生，有个自己想象出来却深爱着的女孩。

一天在图书馆，罗辑想象她站在远处的一排书架前看书，他为她选了他最喜欢的那一身衣服，只是为了使她的娇小身材在自己的印象中更清晰一些。突然，她从书上抬起头来，远远地看了他一眼，冲他笑了一下。罗辑很奇怪："我没让她笑啊！"可那笑容已经留在记忆中，像冰上的水渍，永远擦不掉了。

不过这一部分，除了让人理解后来花花公子罗辑先生为什么几百年后还爱着那个已然消失的庄颜小姐，还表达了一个观点，那就是每个男士心中都有一个自己所中意的"女孩"形象，包括性格、容貌、气质和语言形式。

同样在每个女孩子心里，也住着一个外形上 360 度无死角，性格上 720 度无缺点的"男神"。没有物质关系、没有矛盾纠葛，你需要的时候他就出现，你不需要的时候他就默默离开，永远相伴，想你所想，一切如你所愿。

电影《喜欢你》讲的是一个十分老套的故事，老到让人联想到很久很久以前，有部韩剧叫《我的名字叫金三顺》，三顺已顺利嫁入豪门，但三顺的故事却不停地重演再重演。

《喜欢你》就是这么一个故事，一个小厨师因为厨艺与霸道总裁相爱的故事，逻辑如同肥皂泡，一碰就破，经不起推敲，很多情节又幼稚得相当可笑。

像我这样一个没耐性的人，竟然看完了，连我自己都不敢相信，是现实的我看完了，还是梦中的我看完了？

这不得不归功于这部电影中创造的一个貌似苛刻到让人生厌的，实则完美无缺的，不可能存在的男神。

男主角拥有极贴合完美男神的形象，有一种若即若离的隐藏存在感，让人不能够彻底了解，但又很想接近看一眼，这或许就是存在于很多女孩心中的男神样子。

这位男神完美贴合了女孩子的一切要求，以至于人们可以不考虑这部电影的内容，只是为了释放自己的内心想法，就看完这部毫无意义的电影。

当然要设计、制作这么一个人物出来，构思是需要多方面的，仅仅用画笔勾勒出个形状绝对不行。

此片男主的帅几乎是公认的，沉默时忧伤、高贵、孤独、优雅；轻笑时，总是有一种雅致迷人的气质，温暖溢在嘴角。眼神里透着深邃、细腻，纯净得如同注了一坛水。男主角在剧中极具气质的一套套西装，无论是款式还是色彩搭配，完全都是某奢侈品做的广告，这样的总裁一出场就让人屏住了呼吸。

巨富，不是一般可以计算的财富，年入350亿元，是美元，不是人民币。分分钟入账上百万，豪宅、豪车、贴身秘书、私厨，应有尽有，并对食物万分挑剔，于是厨娘就有了机会。

跟他在一起，不用庸俗地讨论钱、讨论房子，只是坐在阳台，品着红酒，看夕阳慢慢落下，余晖淡尽，有人会不愿意吗？

一个并不貌美，身材平平，职业仅仅是厨师的女主角。总体概括就是一个资质平庸、各方面普通的女孩子，因为一技之长，就博得总裁的专一投入并收获普通人不能想象的爱情。当然这部电影里的顾胜男还是有一股文艺腔调的。

同时，还得有一个让人难以逾越的女神存在，譬如这部电影中聘用了7年的私厨姐姐，语调总是很嗲，模特身材，且会做很多道美味的菜，经得住各类人审美的脸，最后女神却输给了外形普通的女主角。

不说我爱你或者我喜欢你。这部电影是一部爱情电影，但它独特的地方在于，没有像土豪一般送车、送房、送花，也没有采用其他花样博关注度，甚至从头至尾都没说过一句我爱你或者我喜欢你，却让人理解了喜欢。

最好的表达方式是在一个老式公寓一起看最美的夕阳，这意味着男主角愿意跟女主角一起慢慢变老。这符合男神的气质，也是男神的品位。

当然爱还有另一种方式，那就是不可以喜欢两个人的菜，只能喜欢女主角做的菜，这就是喜欢，女主角只做满足男主角味道、要求的菜。

唯美的拍摄技法，让男神看起来更像一个思考者。顾胜男骑自行车穿梭于马路，脸上毫无物质欲望地从容前行，风拂过她的发际，带走淡淡的忧伤。路晋在某个街角默默注视着自己的所爱，冷漠的脸飘过一丝柔软。

路晋看着逐渐淡去的红色夕阳，眼神中透出伤感和无奈，物质会随着时间慢慢失去存在的意义，而真实活着才是最有意义的。

有颜值、多金，还不足以塑造一个完美的男神，他还得像一个哲学家一样思考人生，否则就会跟剧中那个叫高富帅的男子一样，堕入尘埃。

总之《喜欢你》用一个俗套的故事，设计了一个不真实的男神，演绎了真实的爱情。

　　爱其实就是你我相依，不必说我爱你，只要我们静静地坐在一起，看时光流逝，任夕阳西下！

2017 年 10 月

四十七、往昔已逝，救赎无期

我们看一部电影是为了什么？迷人的男女主角，美得不靠谱的服装，跌宕起伏的情节，酷炫的场景与特效，缥缈星球的异次元……也许是。

这么一来，《海边的曼彻斯特》这部电影在人们已不知道等待为何意的现在，实在没有什么可以霸占别人两个小时时间的能力，可我却意外地没错过一个镜头，看完了这部文艺片。

这部电影用平静舒缓的节奏讲述了一个真实的故事，就像粉色的桃花曾经如此美丽地开放在春天的树枝上，可时节一过，飘落的花朵再也不会一如原初地复现枝头。人生曾经犯过的错，无论怎样任时间涤荡，痛苦一如无边暗夜，人被包裹得密不透气，偶尔飞过的一两只萤火虫，不会照亮夜空，而是瞬息滑落。

故事通过一个目光平淡、看似对世间各种存在都无感的男子李·钱德勒展开，以平铺、倒叙、插叙缓缓推进，仿佛不是在讲故事，而是在真实地演绎着不知道未来何去何从的生活。

他在波士顿一天一天认真地干着物业修理师傅的活，对挑逗他的女人和吸血鬼老板都无动于衷，让人觉得他就像某个退隐的英雄，从人生高峰走过，已看淡一切。

可随着李的哥哥离世，他回到曾经生活的地方曼彻斯特，成为侄子的监护人，他在回忆中终于让人了解到，他曾经有一个美满的家，妻子，三个孩子，一栋美丽的房子，还有一个从始至终爱护他的哥哥。

　　但曾经的一切，毁于曾经酗酒玩乐的他，醉酒让他燃烧了整栋房子，烧死了自己的三个孩子，妻子承受不住，离他而去。过失没有让他承受来自法律的制裁，却得到了无边无际的自我惩罚，在李的眼神里，找不到一丝快乐、兴奋、欲望、期许，只有无望的被动存在。

　　在律师念哥哥生前遗嘱的时候，李听到他将成为侄子的监护人，就很坚定地表示自己无力承担这个责任。但回想起曾经哥哥和侄子与自己在一起的种种往事，又无法彻底拒绝，他不是不愿意做侄子的监护人，而是不能面对这座让他心伤累累的城市。

　　在与侄子的生活中，李逐步开始了解侄子的生活，知道他在做乐队，打棒球，同时交往两个女朋友，甚至为了侄子不得不面对侄子同学的家长，然后按部就班地给哥哥办葬礼。就在观众以为影片开始熬制鸡汤并将以美妙的方式让观众喝下去的时候，一切都与观众所想背道而驰了。

　　这部电影就这样打破了旧例规则。李在街上遇到了自己的前妻，她推着与现任丈夫所生的小孩在散步，她很想跟李谈谈心，并且哭着说自己以前不应该过分责怪他，并说自己还爱着他，想与他一起吃个午餐。可李却无法忘记伤痛，重新开始，曾经的错，曾经的痛，曾经的过失，让他无法摆脱，更不能忘怀。

李最终还是转让了侄子监护人的身份，开车离开了让他无法释怀的曼彻斯特。美丽的鸟排成优美的队伍从蓝天飞过，一艘艘白色的帆船在波光粼粼的海上静静驶过，远处的房子沉浸在阳光里。

世界不为谁忧伤，亦不为谁美丽，世界只为自己存在。

某些人的忧伤却不会因为世界的美好和时光的流逝而淡然逝去，深秋银杏叶的忧伤可以留给冬来承担，而属于某些人的心伤则永远存于某些人内心深处的角落。

本片的插曲和配乐也非常文艺，音乐的节奏很容易将人带入一种平静的忧伤之中。

2018 年 4 月

四十八、迷失你的迷失，遇见我的遇见

我在飞机上看的这部电影，英文名 *Me Before You*，本以为是一部无聊的玛丽苏爱情喜剧，会看睡着，不想情节虽然玛丽苏，但我并没睡着，甚至还看哭了。

不是因为坐在轮椅上高位截瘫的男主有着迷人的颜值，而是他坚持结束生命前说的那些话："你是我每天起床的唯一理由。""我爱你是真的，我没有勇气活下去也是真的，我只要你好好的。"

从整部电影来看，最初看完会觉得只不过是讲了一个虚幻的悲情的爱情故事。女主小露跟我们以往所熟悉的那些韩剧的女主角百分之八十重叠，看上去不美丽、很不自信，穿奇怪的洋装，但是善良、非常可爱、很搞笑。

男主威尔因为车祸高位截瘫，本来是一个大有前途的企业家，敢于挑战各种极限运动，有着受人瞩目的人生，却瞬间跌入谷底。美丽的女朋友成为别人的新娘，朋友纷纷消失，自己只能躲在古堡，痛苦孤独地度日。

两个人因为偶然相遇，有了一段悲伤的爱情经历。

威尔没有因为喜欢小露而发生奇迹，他的病没有任何好转，他也没有因为小露改变安乐死的决定。故事以一片叶子在空中划着忧伤的弧线最后跌落地面的特写镜头结尾，象征威尔的死去。

一个童话故事就此完美谢幕，引发了人的深思，人与人的关系到底该何去何从？

迷失你的迷失

威尔的前女友是一个面容与身材俱佳的辣妹，但随着威尔出车祸高位截瘫后，她选择与威尔的合伙人结婚。

电影里没有太多关于他们之前亲密关系的镜头，但从威尔的表情推测，曾经的他们肯定有着美好的回忆，可一场事故，让相逢的人失联。

如果一定要用道德标准捆绑威尔前女友的选择，我也无可辩驳。可人生就是这样，总在某个时间，迷失你的迷失。

相逢我的相逢

假设这个多金、颜值又高不可攀的男主威尔没发生车祸，未终日坐轮椅，大概这个资质平庸的女孩子小露永远都不会与威尔这样的人产生交集。

当一个男生痛苦的时候，他可能会看到一个可爱的善良的愿意帮助别人的女孩子的好。倘若他一帆风顺，不知道善良、可爱跟身材火辣相比，哪一个他更需要。我不知道，也不想推测。

我只觉得，在某个时候，遇到合适的人，那就是对的。就像人们在迷雾中前行，找不到出口，遇到了一个指路的人，他们有共同的想法，就在那个时候、那个位置，这就是人与人的相逢。

不因迷失而改变，不因相逢而改变，我还是我

威尔没有因为辣妹前女友的离开而选择死亡，也没有因为善良可爱的小露而选择活着，他的人生他做主，最终他还是根据自己确定的目标选择终止生命。虽然他用很欢乐的笔调书写诀别信，可看到这些文字的人只会痛苦流泪。

小露可以穿着威尔送给她的黄色条纹袜坚强地走下去，可失去威尔的痛苦一定会深深地印在她的心里。

威尔可以鼓励别人自信地活下去，却不能鼓励自己好好活下去。用他的话说："当你第一次穿着搞笑的衣服出现在我家里，我就喜欢上你，你早已征服我的心，可我还是要按照原计划选择终止我的生命。"

其实没有谁能真正改变谁，人只是在某个阶段迷失，而又在某个阶段与一些人重逢，仅此而已。

2018 年 8 月

四十九、爱与选择

写情书，而且是用圆珠笔认认真真、一笔一画写在信纸上，还写了好几封并把信封好投到邮筒里，期待对方的回信。然后男士根据信封上的地址寻找心里一直喜欢的女士。

如果我跟你说，这个故事发生在 2018 年，你一定会说："拉倒吧，别搞笑了。"

的确，在今天相互联系：发微博，老套；发邮件，这又不是工作；打电话，浪费时间。

想说："我喜欢你！想你！"想回顾过去我们在一起的日子，那还不简单：

视频电话；

留段语音；

发个微信……

"我们见面吧……"

"发个位置……"

"我来了……"，每秒 239 迈。

电影《你好，之华》却硬生生地将现代通信手段放在一边，在电影院里让人认认真真体验了一回现代人手写情书的感觉。

这故事放在今天，其实不太真实，可我还是坚持看完了。

让我记忆最深的是中学时代的之华写给尹川的信："我喜欢你，请你和我做朋友吧。"并亲眼看着尹川读完，得到了这样的回复："对不起，我有喜欢的人了。"之华在听到残酷的答案后哭泣而去。

不过，看完整部影片，总体感觉是淡淡忧伤的画面文艺感十足，若说故事实在禁不起细思量！

岁月易逝，初恋值得永远怀念

画面在 30 多年前和现在来回切换。

红色砖墙的老旧建筑，尘封在记忆里的教室、旧式书桌、黑板，干净、狭窄、人流舒缓的街道，水果罐头……青春无敌的少男少女从远景深处缓缓走来。

岁月被拉近，文艺感瞬间铺满画面。回到现在，周迅扮演的之华，除了有一张淡泊名利、气质独特的脸之外，还有一件普通的羽绒服，一件优雅的毛衣，一条温馨的长裙，文艺感渗透得自然而然。

尹川同学与之南同学的初恋就这样展开了，影片非常奇特的地方在于尹川喜欢的之南曾经是一个非常纯美的女生。或许因为她已经去世，在影片中始终没有看到成年后之南的样子，有的只是依旧美丽的妹妹之华，以及对之南的怀念。

时光流逝，每个人都有过去，今天也会成为过去，于是任谁都会回忆往昔，而初恋又很值得玩味。这么一来，中学、初恋以及中学时代那些对未来充满希望的豪言壮语都值得重新品味。

我们期许的未来是什么

"我们的人生丰富多彩，我们在场的每一个人，无论是过去、现在，还是将来，都走在自己独特的人生道路上。"这句话在影片中反复出现，让人觉得絮叨得实在可以，把中学时代的理想推到人生的各个阶段验证，而且是逐一验证，实在辛苦。

傲娇而上进的之南同学，不仅有着美丽的容颜，还成绩优秀，与尹川同学共读一所大学并成为男女朋友，可最后之南却嫁给了没有学历，还极度没有责任心的张超先生，并生下一儿一女。

影片由始至终没说之南甩开尹川选择张超的原因，所以只能猜测，而这段话就是最好的答案：张超有着想当歌手和演员的理想，有逐梦的追求，之南并不想过随便就可以获取的平淡生活，更期许一种不可确定的未来。

所以未来是什么，未来有无限可能……

所谓真实就是摆在你面前的存在

30 年后，尹川同学没有移情别恋，他还喜欢之南，哪怕她已随风飘散。

之华同学依旧暗恋着尹川同学，以至于当她看到尹川找来时，迫切地想化妆，哪怕涂一下口红也好。

但之华同学的爱也只能保留在记忆里和想象中，现实中她有自己美满的家庭，写代码的丈夫，已经开始暗恋别人的女儿，琐碎的家务，平淡无奇的工作，两只可爱的狗，不断流走的岁月……她不会破坏现实，因为她遵从她选择的生活且并不反感这种平淡。

时间走了，爱情没有改变，但其他的一切都变了，我仍旧爱着你，但生活不会再让我去做任何努力选择你，这才是这部电影最让人心痛的地方。

在岁月的改变中，我们无可挽留，我们内心深处所深藏的可能一生都不会改变的东西，在现实面前根本不值一提。

我们伸手抚摸过往，那只是一片幽暗的虚空，无边无界，一颗星星滑落，闪耀片刻，再次跌入暗夜。

　　我们困惑现在，可现在转瞬即逝。

　　明天，我们不能把控，唯有庆幸。

2018 年 12 月

五十、当优雅的你遇上庸俗的我

这部迷住很多人的电影：一没有漂亮性感的辣妹，甚至连一个看起来像样的女配角都没有；二故事简单到不能再简单；三没有炫目的特技，没有专业相机和后期。

只有一部耀眼的淡绿色豪车，1962 年款凯迪拉克 Sedan De Ville，贯穿影片全程，而故事也始于 1962 年。

是什么让这部影片，令这么多人喜欢？奥斯卡的光环固然有作用，但作用有多大，不得而知。

影片以诙谐和耐人寻味的小细节，通过两个人不同的生活方式和行为态度，诠释了一种真诚的友谊。

一个高雅、富有又礼貌的人为了维持自己的优雅气质和自尊，就算遇到再恶劣的挑衅，也要故作淡定。自己只能在无人的房间，对镜而坐，用化妆品抹去外表的伤痕，落下苦楚的眼泪，再笑对众人。

而一个人行为举止粗俗，以各种方式出击，维护自尊，看上去什么都没失去，却有着等待自己的妻子和孩子，但又不得不为了生存选择离开家做一份自己并不是多想做的工作。

看到他们，很多时候，我们仿佛都在看自己，生活有很多无奈，不同的人有不同的痛，取决于我们以何种方式面对。

当我们看到两位男主巡演结束，一起过圣诞节的时候，就会感叹还有什么比这还好的结局？普通人所希望的那种温馨、快乐的场景此刻得到完美呈现，这是让观众感到很满足的结局。

所以总结几点我喜欢这部电影的原因。

优雅是一种存在，世俗也是一种存在

雪利博士，这位年轻的天才钢琴家一出场，就像一位高高在上的富有酋长，打扮得精致高贵，面无表情，说话声音温润且节奏舒缓。那种气质好像一个巨大的磁场将自己和他人隔绝开来，高冷得如同一座冰山。

而托尼，一个在夜总会工作的中年大叔，气质庸俗，行为举止跟高雅沾不上边，说脏话，动手打人，还喜欢参与各种赌博性质的游戏。

两个人相遇在雇主与受雇者的面试，全然不搭调的两个人因为相互需要而绑定在一起。一个去南方巡演需要能解决问题的司机兼助手，另一个显然并不喜欢这个行为拘谨，外加一本正经的雇主，可为了钱，还是接受了这份工作。

雪利博士总是一副淡定，气质优雅的样子，或坐在车后排，或气定神闲地在众人面前演奏钢琴。他精湛的钢琴技艺征服了所有人，可不尊重行为却一直在发生，高雅解决不了这些问题，也制止不了别人的恶意。譬如，雪利博士在酒吧掏钱被当成炫富，于是被贼人打劫，若不是托尼强悍掏枪，恐怕优雅的雪利博士不但损失钱财，连命都保不住。还有，当雪利博士被人当众歧视羞辱的时候，他始终隐忍，但没人觉得自己做得不对，倒是托尼用语言直接还击，让对方尝到同等滋味。这就是现实生活，为了保持那份优雅和尊贵，背后往往是自己在暗夜里流泪。当然托尼也深受雪利博士行为的感染，认识到自己偷盗行为和言语低俗的坏处。

一场巡演，虽然是两个人同行，但其实是两类人的对话和融合。

万千世界里，有你这样的存在，也有我这样的存在，你有你的道理，我也有我的道理，你我之间本无磁场，又何必自己设置距离！

以幽默的方式诠释伤感

用泪中有欢笑、笑中有委屈形容这部电影一点都不为过。

整部电影随处都是引人深思的诙谐场景和语言，尤其是托尼这位文化水平不高的家伙，给自己妻子写信的那些内容，记录的都是自己的日常生活琐事，如"给你写信的时候，我正在吃薯片，还喝了饮料……"都是流水账，还错字连篇，把"dear（亲爱的）"，写成了"deer（鹿）"，总之他想表达的那种思念之情，一句也没写出来。

雪利博士教他重写信件，于是内容变成了这样：

> 每当我想起你，
> 都会记起艾奥瓦州的美丽平原。
> 我们之间的距离让我灵魂碎裂。
> ……

妻子读得眼含泪水，还读给闺蜜听，惹来阵阵尖叫。于是本来痛苦的分离，因为这样的信件化解为思念的小温暖。

温情却不煽情，忧伤却不沉重

托尼失去了夜总会的工作，至少要赋闲在家几个月，那天他带着孩子回来对妻子说，他跟一个出了名能吃的家伙比赛吃热狗了。妻子的脸上满是震惊和愠怒，仿佛在说："你怎么还有心情去赌博？"托尼说对方吃了 24 个热狗，而他吃了 26 个，然后掏出获胜的 50 美元，妻子的脸色转怒为喜，并说了一句："马上就要交房租了。"

简单的小事件，简单的语言，却道破了一家人的经济状况和生存危机，没有痛哭流涕，也没有陷入困境的种种苦恼，轻轻松松就表现得十分到位。人人都能理解，于是托尼选择离开家两个月，陪雪利博士去南方巡演也就顺理成章了。

高冷、富有、有才艺的雪利博士，似乎永远都不会陷入苦恼，因为他仿佛拥有一切，金钱，荣誉，人们的掌声。可谁也看不到这位天才为了这些所付出的努力和孤独，大概只有暮色降临后的酒和眼泪能理解他的这份痛苦。

而托尼成为那个理解他的人，他冒着生命危险，从酒吧强徒手里救出雪利，为了雪利的尊严打人，直到最后为了雪利的用餐权据理力争，这都不是一个司机的义务，而是一个朋友的情义。

但从头至尾，托尼没有说一句"我为你做了那么多"，而雪利也没有说"我让你知书达理"。此时无声胜有声，见你忧伤，我也痛苦，而帮助你，是我所愿，我们彼此彼此。

主线单一的故事背后，是连贯的数个耐人寻味的小故事

一个看似只是两人为了完成一场巡演的故事里，却有着数个小故事。就像中国画里的梅花，虽然只有一个枝，却有很多朵不同的花，留出大部分空白，清奇美丽又无限遐想，这就是这个故事的魅力所在。

每一场表演，每一次在路上，都是一个故事。两个截然不同的人，看似生活在不同的平行空间，实际生活中有你，也有我。

你的人生里有我存在的意义，我的人生里也有你存在的价值。

你镜子后面的人可能是我，我转身之后看到的可能是你，你和我看起来距离遥远，实际没有距离。

2019 年 5 月

五十一、记住自己的名字是件不容易的事情

问你一个问题：十年前，你的理想是什么？你能毫不犹豫地在十秒内答上来吗？

慢慢在大脑中搜索你十年前的理想吧，这里我们讲一个故事。

两个人在路上走，来到一条陌生的道路前，放眼远望前方风景似乎很美很美，于是好奇心让他们无畏地沿着这条路继续前行。

一路上，绿地，鲜花，阳光倾泻而下，天空蓝得如同涂了一层水，几朵白云像果冻一般在空中悬浮着，清澈的溪水在脚下流过，几栋荒废的建筑寂寥地享受着大自然的恩赐，到处都是风光大片。

走着走着来到一座城镇，就像著名的老街，到处都是古建筑，无人，却有一家店铺飘来了香味。各种美食冒着热气整齐地摆放在那里，食物的香味包裹着大自然的清香围绕着他们，依旧无人。

走得又累又饿的他们一开始还在确认是否有人在，可无人应答，于是他们就决定坐下来先吃饱再说，可一旦吃了，就再也停不下来……

第一个问题，你现在想起来了吗？

第二个问题，如果你是故事中的人，你会选择坐下来吃食物吗？

最后的答案我们都知道，坐下来一直吃的两个人，变成了猪。

电影《千与千寻》就从这里开始了。

看过《千与千寻》的人，都有着各种感悟：贪婪，欲望，爱情，人性的阴暗，孤独，纯真，善良，坚守……凡此种种，这部动漫竟然都有。虽然没有新锐动漫炫酷的场景和强烈的视觉冲击，可故事的深意却犹如明代程立本的一句诗："一笑题诗山水画，不知身是画中人。"

而我最深的感悟就是在孤独前行的人生路上，能一直记住自己最初的名字真的是一件困难的事情。

你的名字与生活所赋予你的名字

在那个被魔法控制的小镇世界里，人必须有工作，不然就会消失。

千寻为了救出因为贪吃变成猪的父母，必须在这里生存下来，于是她不得不跟拥有魔法的澡堂老板汤婆婆签订劳动合同，在这里工作的荻野千寻，被给予了新的名字：千。千寻在日复一日的辛苦打扫和工作中，慢慢习惯了自己的新名字，某一天，当突然被问起原来的名字，她迟疑了一会儿，才想起自己的原名，然后不自言自语地说："我都差一点忘记了自己的名字。"

初入工作的时候，我们是不是都有着万千理想？可当满满的工作周而复始地进行下去时，各种小诱惑就在身边飘浮，还有多少人没有忘记最初的追求和想法呢？

　　能记得自己的名字是一件再容易不过的事情，可能一直记得却又是一件真不容易的事情。

欲望并非那般深沉，它随处可见又可得

　　无脸男，我不知道他是否认可这个别人给予的名字，总之他就是这个名字，一个如同脸上戴着一副面具，没有表情，沉默寡言，性格内向、纯真，还有点呆萌的人。来到汤屋，他只是用魔法变出一些金子给别人之后，一切突然就变了，她们给他各种美食，各种优质的服务，无脸男迷失了。

　　他不断地变出金子，不停地吃着美食，甚至吃掉让他看着不舒服的人和物品，以至于在他看到让他"喜欢"的千寻时，他的举动竟然是掏出一把金子递给千寻。遭到拒绝之后，愤怒的无脸男追逐千寻，想吃掉她，在疯狂追逐中，无脸男将之前吞噬的那些东西一一吐出，于是他又重新成为原来那个无脸男。欲望并不是我们设想的遥不可及的华美的玄幻世界般的住宅，也不是镶满钻石的飞驰的汽车，可能仅仅是一顿美食，就让我们忘了自己的初衷和本真，可能就是从这一点

食欲开始，我们发现节制和控制自己的欲望并不容易。

善良是一件值得生死相依的事情

有人说小白与千寻属于一见钟情式的爱情，可我觉得用友情来定义似乎更可信。

小白救了误入魔法小镇的千寻，而当小白性命攸关的时候，千寻可以不顾生死，踏上可能没有回路的目标，只是为了救活小白。

在踏上那辆有去无回的列车前，千寻还原谅了曾经堕落的无脸男，带他一起前行。到了这里，我不得不佩服作者创造的这个理想人物。年轻，虽然谈不上貌美，可有着一颗纯真、善良、勇敢、宽容、不为金钱和物质所动的心，完美到让所有人都想与之对比一番。

故事是温暖的，电车虽无回路，可我依旧能带你飞向海角天涯，就让白龙载着你翱翔天际吧。千寻的善良得到了所有人的认同，帅酷的小白恢复身体健康，最终在空中飞舞的过程中，想起了自己的原名：琥珀川河神。而千寻的父母也被解除了魔法，重归人间。

人生，我们会遇到很多痛苦，形形色色的人，各种各样的事情，可善良真的值得生死相依，是真正属于你的守护神。善良会让你记得自己从哪里来，又将向何处去。

虽有朋友相守，可人生注定孤独前行

与父母一同走路的千寻，面对被施了魔法的父母，只能自己逃跑求生。虽然遇到勇敢帮扶自己的小白，可千寻还是需要自己去求职，寻找挽救父母的办法。

路途中，有锅炉爷爷这样看起来像世外高人般给她指引工作的前辈，可她还得自己去面试，用能力证明自己；有工作中帮她的玲姐姐，可遇到问题还是要她自己去解决；与无脸男一路同行，可说不清是谁在保护谁。

总之，在人潮涌动、喧嚣华美的魔法小镇，人群从她身边闪过，朋友以各种方式在她的身边存在着。可她依旧需要善良、勇敢、认真、从容地面对生活。在孤独的人生前行路上，要一直记得自己原初的名字是千寻。

2019 年 6 月

五十二、相爱不可说

　　一位气质优雅的男士，在花店分别订购了一束白百合与一束黄玫瑰，送给两位不同的女性。

　　明明，他爱的是黄玫瑰女士，却坚持娶了白百合姑娘……

　　《纯真年代》这部 1993 年上映的电影，看到一半儿我还没看懂。

　　小说很久远，大概我小学五年级就读过了，所以内容忘了 99%。

　　于是我边看电影边翻书，直到最后，才明白故事的含义。

　　阿切尔与艾伦是两个来自美国上流社会的青年，一位是未婚的优雅男士，一个是准备离婚的贵族太太，两个人彼此倾心。然而迫于家庭及周遭压力，就算痛不欲生两人也不在公开场合表达感情，甚至想尽一切办法掩盖。

　　到了最后，就算下定一千个决心要冲破周遭的限制，追逐内心所想，最终还是因为种种原因放弃了，以至于两人再次有机会在巴黎相见，阿切尔已经失去了所有再见的勇气。

　　这个故事十分耐人寻味，一方面说明爱情从古至今都是一种很独特的存在，有着时代性；另一方面也道出了一个事实，一件在年轻的时候没有勇气去做的事情，年老以后，就更没有勇气了。

　　以我们现在的角度去审视男主阿切尔，一开始我也会觉得他脚踏两条船，实在让人难以忍受。后来我明白，出身上流社会的他，虽然行为举止优雅，气度不凡，可也深谙那个时代美国上流社会的种种规则，稍有不慎就会被千夫所指，跟一个打算离婚的女士结婚，别说自己家人的态度，就是整个上流社会也不答应。于是为了两个人的家庭和周围人的评价，男主阿切尔也好，女主艾伦也好，都用尽一切心思避免这场灾难。

后来男主阿切尔的儿子快结婚了，他的妻子梅也去世了，按照常理，他完全可以去寻找单身的艾伦，重续前缘，然而儿子说出妈妈临终前的话，又一次遏制了阿切尔本来重燃的热情，他失去了寻找从前的勇气，固守在原地，只能风雪中转身往回走。

这个故事表面看似是寻求真爱而不得，其实是在说人生一旦放弃了寻求自己理想的勇气，那这种勇气也就一去不返，再也不会回来了。可到底是冒着众叛亲离、身败名裂的危险去追求自己所想，还是在世俗的眼光中过中规中矩的生活，是一道没有标准答案的选择题。

当你下定决心，对着一个纯净典雅又漂亮的姑娘说："虽然你很好，好到无可挑剔，可我却想跟一个已婚女士浪迹天涯。"姑娘却用清澈见底的眼睛看着你说："对不起，我已经怀了你的孩子，你不可以走了。"别说那是 19 世纪的事情，就算放在今天，恐怕也不会有几个人还会坚持跟情人双宿双飞吧。

有多少人不满自己的现状，想要追求自己的理想生活呢？如若真的放弃已然熟悉的环境和优越的生活状态，过云淡风轻的日子，又有几人能做到呢？

　　有人说有勇气的人，不考虑结果，考虑结果的都是懦夫。可勇气是否正确，有时我真不知道。

2019 年 12 月

五十三、善良与尊重他人

《奇迹男孩》讲述了一个患有面部残缺疾病的 10 岁男孩奥吉的成长故事。

他做了 27 次面部整容手术，但仍然很难走出家门。在公众场合经常戴着头盔，为了躲避别人异样的眼光，小学 4 年级以前的课程他只能在家里跟着母亲学习，故事从他去学校上 5 年级开始。

在学校里，奥吉带着科学梦想开始上课，但不得不面对孩子们异样的眼光、恶毒的攻击与欺凌，还不得不承受同学们对他的疏远和不理不睬。

我们感动于男孩子的勇敢、上进和坚强，但他周围为了他的成长而努力的人们更值得我们关注。

首先是学校的老师，尤其是每节课上讲箴言的帅气的老师，他对所有的学生都一视同仁，他看到被同学欺辱的奥吉，他会告诉他："你不是一个人。"而且他为了实现教书育人的理想，放弃了华尔街的工作。一个有正义感、有梦想的老师，才能教育出有正义感和有梦想的学生。

其次是学校的校长，他对于学生冲突的判断和解决办法，非常值得赞赏，打人的同学是为了给奥吉伸张正义，所以虽然是打架，也只是停课两天，不取消奖学金。以种种方法羞辱奥吉的学生家长以朋友多、给学校捐赠为由，霸气挑战校长的处罚决定，而校长毫不畏惧，坚持处罚决定。可以放弃利益，但不能放弃公正的处理结果，这是一个值得称道和尊重的教育者。

还有奥吉的同班同学，在逐渐接受这个面部残缺的小男孩的过程中，他的善良、正义、尊重最终被所有小朋友认可，这些品质也感染了所有的同学，大家都为善良、正义、懂得尊重他人的奥吉而骄傲。

当然奥吉的父母、姐姐和姐姐的同学都从不同角度体现了善良、真诚、友好。

总体来看，这部电影拍摄的画面轻松，丝毫没有压抑感，有些场景又催泪感人。看看我们周围的家长，天天带着孩子上各种辅导班，以成绩结果为荣，这部电影直观地表达了善良、正义、尊重他人、成绩优异无一不重要，而如果非要给它们排个顺序，成绩优异定然不是第一！

2018 年 1 月

五十四、用音乐拯救心灵的"幻境"故事

　　没有故作忧伤，没有战争阴霾，没有生死离别，当这些小男孩的歌声温柔飘起的时候，很容易让人潸然泪下。这略带感伤的调子，再配上优美的歌词，由这群所谓问题少年用纯纯的声音演绎出来，就是天籁之音。

　　《放牛班的春天》就是这样一部以问题少年为主角，以音乐拯救心灵的如同幻境的法国电影。

　　没有华丽的场面，没有鲜嫩的帅哥，没有妖娆的美女，但电影通过真情实感和现实主义的表现手法，吸引了很多观众。

　　在这部电影里，我们可以看到对失败的教育方式的批判、对音乐的追求、对理想人生的向往、对问题少年的关怀、对人性虚伪的憎恶。而所有这些都用歌声串联在一起，以歌声开始，以歌声结束。

　　影片中所谓的法国公立学校放弃的少年，虽然有种种恶作剧之举，但他们纯真的眼神暗示着他们都是可爱的孩子。

　　当音乐老师克莱门特将孩子们带入音乐的世界，并站在孩子们的角度理解他们的行为时，孩子们身上的纯真、善良终于一一显现。当克莱门特被校长解雇离开学校时，无法脱身相送的孩子们集体唱着老师教授的歌曲，从窗口扔出写有感激语言的纸飞机，向他们的老师表达离别之情，真情实感顷刻间便溢满了整个画面。

《鱼》

克莱门特老师热爱音乐，怀有音乐家的梦想，仅仅以此为快乐去做，而不是为成名所累。

这是值得所有怀有理想，又觉得空有抱负无机遇扬名立万的人们学习的：所谓天生我才必有用的想法，还是在抱怨成名无门。人应该为做自己喜欢的事情而快乐，而不是为了成名奔波终生。或许这也是本片想给予世人的暗示。

2017 年 11 月